El Señor de Balantry

Parte I

Por

Robert Louis Stevenson

CAPITULO I

Hace tanto tiempo que se desea conocer lo que haya de cierto en los singulares acontecimientos ocurridos al señor de Balantry, que la curiosidad pública dará una magnífica acogida a este relato. Yo, que estuve íntimamente ligado a la historia de esta distinguida casa durante los últimos años, soy quizá quien se halla en más ventajosa situación para relatar con fidelidad de historiador cuanto sucedió. También soy quien, con más imparcialidad, puede juzgar los diferentes y complejos aspectos de cuantos personajes intervinieron en dichos sucesos.

Traté al señor de Balantry y conocí muchos aspectos secretos de su vida, poseo además algunos fragmentos de sus memorias; fui casi su único acompañante en su último viaje, formando parte de aquella angustiosa invernal de la que tanto se habló, y, finalmente, presencié su muerte. En cuanto al difunto Lord Durrisdeer, a quien serví fielmente durante treinta años, a medida que le fui conociendo íntimamente, más creció mi afecto por él. En resumen: no quiero que desaparezcan tantos testimonios y considero que es mi deber contar la historia acerca de milord. De este modo, pagada mi deuda, confío que mis últimos años transcurrirán más tranquilos y mi canosa cabeza podrá descansar con mayor sosiego sobre la almohada. Los Duries de Durrisdeer y de Balantry pertenecían desde los viejos tiempos del monarca David a una digna familia del sudoeste. De la antigüedad de su estirpe son testigos los versos que aún circulan por la comarca:

Los Durrisdeer son gentes puntillosas,

con muchas lanzas a caballo montan.

Igualmente, el nombre que se cita en la segunda estrofa ha sido referido por algunos a los acontecimientos de este relato.

Dos Duries en Durrisdeer,

uno para enjaezar y otro para cabalgar.

Dos Duries en Durrisdeer,

mal día para el novio,

y peor día para la novia.

La auténtica historia de su vida está llena de sus hazañas, que, desde nuestro punto de vista, pueden ser consideradas como muy poco recomendables. La familia sufrió considerablemente a causa de esas altas y bajas, que han sufrido desde hace tiempo las buenas casas escocesas. Pero dejemos todo esto para remitirnos al año memorable de 1745, en el que se inició esta tragedia.

En aquella época una familia de cuatro personas vivía en el castillo de Durrisdeer, cerca de San Bride, a orillas del río Soiway, que, desde la reforma, fue la casa solariega de los de su linaje. El viejo Lord, octavo de los de su nombre, si bien no era un anciano, aparecía prematuramente envejecido. Su sitio favorito estaba junto a la lumbre, donde permanecía, sentado en su sillón, envuelto en un grueso batín, dedicado a la lectura y sin apenas cruzar la palabra con nadie. Era el prototipo del antiguo jefe de familia: apoltronado y apacible. Gracias a sus continuos estudios su inteligencia se había desarrollado notablemente y en la comarca gozaba de justa fama en cuanto a su astucia. Su hijo, el señor de Balantry, cuyo nombre era Jamie, había heredado de él la afición a las lecturas serias y también algo de su tacto, aunque con marcada tendencia al disimulo. Le complacía aparecer como grosero y huraño a un tiempo; pasaba muchas horas bebiendo y bastantes más dedicadas a los juegos de naipes. En la comarca se decía que era un excelente galanteador y también muy camorrista.

Acostumbraba a salir muy bien librado de todas cuantas peleas se mezclaba, no obstante haber sido él el primero en provocarlas, por lo que eran sus compañeros quienes tenían que pagar las consecuencias. Fuera suerte o casualidad, el hecho le granjeaba bastantes enemigos, pero como a los ojos de la mayoría se consideraban éxitos, llegó a augurársele un porvenir lisonjero.

Él se jactaba continuamente de ser implacable y exigía que todos creyesen en su palabra. Además, entre sus vecinos, gozaba fama de ser un "hombre muy peligroso como enemigo". En conclusión: este joven aristócrata, que en 1745 contaba veinticuatro años, era muy conocido en toda la comarca, a pesar de su juventud, si bien hay que tener en cuenta que todos se ocupaban muy poco del segundo hijo, Henry, mi difunto Lord Durrisdeer, quien no era ni muy malo ni muy bueno, y sí solamente uno de tantos de asentada y noble condición.

He dicho, y con razón, que se ocupaban poco de él, pues apenas daba que hablar. Era conocido de los pescadores de salmón, pues se entregaba con fruición a esta especie de deporte; era un excelente veterinario y, además, desde que era un joven, prestó inmejorable ayuda a la administración de los bienes. Esto último, dada la situación de la familia, entrañaba no pocas dificultades, ya que en el desempeño de dichas funciones resultaba harto difícil no aparecer como tirano y tacaño.

El cuarto personaje era miss Alison Graeme, parienta próxima, huérfana y heredera de una cuantiosa fortuna, adquirida por su padre en sus empresas comerciales. Milord precisaba mucho de aquel dinero a causa de las numerosas y considerables hipotecas que pesaban sobre sus dominios. La boda del heredero con miss Alison era precisamente una buena solución para sus problemas económicos, y a ella no parecía desagradar tal proyecto. Pero que a él le pareciese lo mismo era otra cuestión. Alison era una joven atractiva y gentil, aunque excesivamente voluntariosa y vehemente, debido a haberse criado con excesiva libertad, ya que el anciano lord, viudo desde hacía bastante tiempo, y sin tener ninguna hija, no supo educarla debidamente.

CAPITULO II

La noticia del desembarco del príncipe Carlos —el joven pretendiente al trono de Escocia, hijo de Jacobo Eduardo y nieto de Jacobo II— dividió los pareceres de aquella familia. Milord, como hombre enemigo de cualquier cambio, parecía dispuesto a contemporizar. La señorita Alison manifestó la opinión que le parecía más romántica. Y lo curioso del caso es que el heredero, que nunca era de su opinión, en aquella ocasión se manifestó acorde con sus ideas. Seguramente lo hizo así porque le tentaba la aventura; se le ofrecía una gran ocasión de levantar su casa y, a la vez, saldar sus cuantiosas deudas particulares. En cuanto a Henry no dijo nada; su intervención fue posterior. Pasó un día entero antes de que aquellas personas llegaran a un acuerdo: uno de los hijos se batiría por el rey Jacobo y el otro permanecería con milord en la casa y así se conservaría el favor del rey Jorge. Según parece, esta resolución fue adoptada por milord y ella no tiene nada de particular, pues es bien sabido que muchas familias escocesas actuaron de igual modo. Pero, una vez se hubo llegado a aquel acuerdo, se inició una nueva discusión más importante y decisiva. Milord y la señorita Alison opinaban que era Henry quien debía partir; a lo que se oponía el heredero, que, por vanidad, no quería permanecer en el castillo. Milord argumentó, Alison lloró, Henry fue persuasivo. Todo resultó inútil.

—El llamado a partir con su rey, es el heredero de los Durrisdeer —dijo el primogénito.

—Si jugásemos limpio estarías en lo cierto — contestó Henry—, pero ¿qué es lo que hacemos en realidad?

—¡Salvar la casa de los Durrisdeer, Henry! —repuso su padre.

Como si no le hubiera escuchado, el segundón prosiguió diciendo:

—Además, ten en cuenta, Jamie, que si soy yo quien parte y el príncipe lleva la ventaja, te será fácil reconciliarte con el rey Jacobo. En cambio, si eres tú quien parte y fracasa el pretendiente, separamos el derecho del título. ¿Qué seré yo, entonces?

—Lord Durrisdeer —replicó Jamie—. Me apuesto cuanto tengo.

—Yo no apuesto nada en este juego. Me hallaría en una situación que ningún caballero podría soportar.

A continuación, quizá con más agresividad de la que habría deseado, añadió:

—Tu deber es permanecer aquí, junto a nuestro padre. Ya sabes que eres su preferido.

—¿De veras? —repuso Jamie—. ¿No será la envidia lo que te hace hablar así? ¿Pretendes echarme la zancadilla...Jacob? —Y al pronunciar este nombre lo subrayó maliciosamente.

CAPITULO III

Henry se mordió los labios para no responder intempestivamente. Él sabía callar. Empezó a pasear por la sala, pero luego insistió:

—Soy el menor y debo partir. Nuestro padre, que es quien manda, ha decidido que sea yo el que se una al rey Jacobo. ¿Tienes algo que oponer a ese mandato, hermano?

—Sí, Henry —contestó rápidamente el aludido—. Las personas obstinadas que sostienen una pugna sólo disponen de dos medios para zanjarla: pegarse, y dudo que uno de nosotros quiera llegar a ese extremo, o someterse a la suerte. He aquí una moneda. ¿Aceptarás lo que ella decida?

—Acepto, Jamie. Si es cruz me quedaré en el castillo; si sale cara me marcharé a unirme al rey Jacobo.

La moneda dio la respuesta: cruz.

—Una lección para Jacob —comentó Jamie.

—No creo que tarde mucho en llegar el día en que tengamos que arrepentimos de esto de hoy —repuso Henry.

E inmediatamente abandonó aquella estancia. La señorita Alison recogió la moneda que había decidido la marcha de su prometido y, arrojándola a través del blasón familiar que lucía en la vidriera de colores de la ventana, exclamó:

—Si me amaras como yo te amo, no habrías insistido en irte.

Jamie contestó fríamente:

—Si no amara aún más el honor, no podría amarte tanto, querida.

—¡No tienes sentimientos! —gritó ella excitada—. ¡Quisiera que te matasen!

Y, deshecha en lágrimas, corrió a su habitación.

Jamie, volviéndose hacia milord, comentó con aire malicioso:

—¡Vaya una esposa endiablada!

—Tú sí que estás endiablado —replicó su padre—; tú que, como dice muy bien Henry, has sido mi predilecto, para mi mayor vergüenza. Desde que naciste, jamás me proporcionaste una hora agradable, ni una sola hora —repitió melancólicamente el anciano.

¿Qué era lo que de tal modo había turbado al viejo milord? ¿Las palabras de Henry relativas a su preferencia por Jamie, o la desobediencia de éste? Lo ignoro, aunque me inclino a creer en lo primero, ya que, a partir de entonces, milord se mostró mucho más solícito con su segundo hijo.

CAPITULO IV

La cierto es que el heredero partió hacia el Norte.

El recuerdo de su marcha se hizo más penoso por las circunstancias en que se realizó. Con promesas y amenazas, logró reunir una docena de hombres, casi todos ellos hijos de colonos. Bebieron abundantemente antes de ponerse en marcha y luego el grupo ascendió por la cuesta, dejando atrás la vieja abadía, gritando y cantando, luciendo en sus sombreros la escarapela blanca.

Atravesar aisladamente gran parte de Escocia era empresa arriesgada para tan escasa tropa, y mucho más cuando, al par que la exigua cabalgata de jinetes cruzaba la colina, se veía en la bahía un barco de la Marina real con la enseña desplegada. Aquella misma tarde, Henry partió a caballo, completamente solo, para entregar una carta de su padre al gobierno del rey Jorge y ofrecerle su espada. Antes de que los dos hermanos abandonaran el castillo, Alison cosió la escarapela en el sombrero de Jamie y cuando Juan Pablo se la llevó a su dueño, ésta aparecía completamente empapada de lágrimas. Henry y el viejo se atuvieron fielmente a lo convenido. Ignoro si permanecieron completamente fieles al rey, aunque, desde luego, observaron la más estricta lealtad y estuvieron en correspondencia con el Lord Presidente, permaneciendo tranquilos en Durrisdeer sin casi entrar en contacto, mientras duró la contienda, con Jamie.

Este tampoco fue más comunicativo, a pesar de que Alison le escribía constantemente. Macconochie, a ruegos de ella, le sirvió una vez de correo, y a su regreso contó que había hallado a los Highlanders ante Carlisle y a Jamie cabalgando al lado del príncipe, departiendo amablemente con éste. Según dijo Macconochie, cogió la carta, la abrió, mirándola por encima, y después de hacer un gesto con los labios, como si fuera a silbar, la colocó en el cinto. Entonces el caballo hizo un movimiento brusco y la carta cayó al suelo, sin que él lo advirtiera. Macconochie la recogió del suelo, y desde entonces la ha conservado siempre en su poder. En sus manos la he visto alguna vez.

Mientras tanto, en Durrisdeer, gracias a los rumores populares, se tenían noticias de cuanto sucedía. Así se enteró la familia del trato de favor que el príncipe dispensaba a Jamie, y de las consideraciones que se le tenían. Por extrañas circunstancias, parece ser que se estaba granjeando las simpatías de los irlandeses, a la vez que sir Tomás Sullivan, el coronel Burke y otros muchos iban convirtiéndose en sus amigos. Intervenía siempre en las complicadas intrigas y se mostraba acorde con los propósitos del príncipe, aun cuando sus opiniones fueran manifiestamente erróneas. En resumen: jugador, como lo fue siempre, lo que más le interesaba eran los favores que pudiera conseguir, aun cuando ello fuera en detrimento del resultado de la campaña. Lo que, sin embargo, no puede discutirse es que era un valiente y que se comportaba bien en el campo de batalla.

CAPITULO V

Más tarde llegaron otras noticias, a través del hijo de un colono que decía ser el único superviviente de los que un día abandonaron cantando la comarca. Por una sorprendente coincidencia, Juan Pablo y Macconochie habían hallado aquella misma mañana la moneda que sirvió para decidir la marcha de Jamie. Con ella se encaminaron a la taberna, donde no sólo perdieron la guinea, sino también la cabeza. Por eso, Juan Pablo, sin reflexionar, se precipitó en el comedor, donde la familia se disponía a comer, gritando:

—Tam Macmorland acaba de llegar sin que le siga nadie. Dice que todos los que se fueron de aquí han muerto.

Aquellas palabras fueron seguidas por un silencio sepulcral. Henry se cubrió el rostro con las manos, Alison escondió el suyo entre los brazos extendidos sobre la mesa y, por su parte, milord quedó completamente lívido.

—Aún me queda un hijo —dijo el anciano, después de transcurridos unos instantes—. Y el que me queda es el mejor. Sí, Henry, quiero hacerte justicia.

Decir aquello en semejante ocasión era insólito, pero, por lo visto, milord no había podido olvidar las palabras que Henry dijera a su hermano, y el anciano debía sentir remordimientos por sus pasadas injusticias. No obstante, la situación era tan tirante, que miss Alison no pudo soportarla.

—Sois despiadado —gritó a milord, y luego, vuelta hacia Henry, añadió—: Y tú, parece mentira que puedas permanecer tan tranquilo, sabiendo que ha muerto tu hermano.

Luego, empezó a retorcerse las manos, reprochándose a sí misma la dureza con que había tratado a su prometido cuando partió; hacía protestas de amor a Jamie, al que llamaba espejo de caballeros, y gritaba de tal modo que acudieron los servidores a ver qué pasaba, quedando estupefactos ante tamañas muestras de desesperación.

Henry, lívido, se puso en pie, apoyando una mano en la silla.

—¡Oh! —exclamó—. Ya sé cuánto le amabas.

—Todo el mundo lo sabe —replicó ella, y, encarándose con Henry agregó —: Lo que todo el mundo ignora, pero yo sé muy bien, es que tú le traicionabas desde lo más profundo de tu corazón.

Henry hizo un gesto de desaliento.

—Dios es testigo de que ambos hemos gastado nuestro amor para no conseguir nada.

Un gran silencio siguió a estas palabras.

CAPITULO VI

El tiempo fue pasando sin que en el castillo se produjeran grandes cambios, a no ser que eran tres personas en vez de cuatro y que cada uno de ellos recordaba, en silencio, la pérdida sufrida.

Como la fortuna de Alison continuaba siendo imprescindible para salvar los dominios de los Durrisdeer, milord decidió que, habiendo muerto el mayor de sus hijos, la joven se casara con Henry. Esa idea la iba infiltrando continuamente en la imaginación de la muchacha, aprovechando los momentos en que estaban solos, sentados junto al fuego. Si Alison lloraba, el anciano la consolaba dulcemente; si se mostraba irritada, volvía pacientemente a su libro de latín, excusándose siempre con la más exquisita finura. A menudo ella le ofrecía sus bienes, pero milord rehusaba, por ser contrario a su honor.

—Un hombre como yo —le decía— no puede aceptar eso, y creo que Henry rehusaría, aun cuando yo hubiera aceptado.

Sin duda, esta insistencia paternal influyó mucho en la resolución de la joven, dado el gran ascendiente que sobre ella ejercía milord y porque siempre se había portado con ella como si fuera su propio padre. Debo añadir también que Alison tenía el espíritu de los Duries y que hubiera hecho lo indecible por la gloria del linaje, aunque, creo yo, no habría llegado hasta el punto de casarse con él a no ser —cosa bien extraña por cierto— por la extraordinaria impopularidad de que gozaba nuestro joven señor. Todo fue obra de Tam Macmorland, que, si bien era un buen hombre, tenía el defecto de ser demasiado parlanchín, y por ser el único hombre que volvió de la aventura nunca le faltaba auditorio.

He observado que cuantos han sido derrotados en una guerra, tienen la manía de haber sido traicionados. Así, pues, según Tam, los rebeldes habían sido traicionados continuamente por los oficiales, traicionados en Derby y en Falkirk; el avance nocturno había sido una traición de milord Jorge; el desastre de Culloden, una traición de los Macdonald. Y esta manía de traición llegó a desarrollarse de tal modo en la imaginación de aquel necio, que llegó incluso a acusar de traición al propio Henry. Este, según él, habría traicionado a los mozos de Durrisdeer, ya que, en lugar de seguirles con refuerzos como había prometido, se fue en busca del rey Jorge.

—Al día siguiente de haberse marchado los mozos con nuestro querido señor —gemía Tam—, el Judas ya había emprendido la marcha. ¡Ah! Y ahora puede decirse que ha conseguido lo que se proponía. ¡Será milord!... Aunque para ello los brezales del Highland estén cubiertos de cadáveres helados.

Después de estas o parecidas disquisiciones, Tam, que corrientemente estaba embriagado, se entregaba a un lloriqueo balbuciente. Esta forma de considerar la conducta de Henry se extendió con rapidez por toda la comarca. Gentes a quienes les constaba lo contrario, lo daban por cierto, aunque sólo fuera por el simple placer de hablar por hablar. Los ignorantes, y por ello peor intencionados, daban fe a lo que escuchaban y luego lo repetían con el mismo aplomo que si se tratara de verdades sacadas del Evangelio. Todo ello condujo a crear el vacío en torno a Henry y de murmurar cuando él pasaba. Las mujeres, siempre más atrevidas, le dirigían sus injurias en pleno rostro. Así fue cómo el heredero muerto se convirtió para aquellas gentes en un santo. Se recordaba que él no explotaba a los colonos; cosa cierta, pues, en realidad, únicamente se preocupaba de gastar el dinero.

—Tal vez era un poco salvaje —decían algunos—, pero eso se podía enmendar con los años.

—Y de todas maneras —agregaban los demás—, siempre es preferible a un sórdido usurero y opresor, como su hermano, con los ojos continuamente fijos en los libros de cuentas, dispuesto a perseguir a los pobres colonos.

CAPITULO VII

Había en la comarca una mujer de poca cabeza que siempre fue despreciada por el heredero. Pues bien, precisamente esa mujer se convirtió en su más ardiente defensora. Un día, al pasar Henry, le arrojó una piedra mientras le gritaba:

—¿Qué ha sido del valiente que confió en ti?

Henry detuvo su caballo, y en tanto corría la sangre por su labio partido, dijo:

—¿También tú, Jes? Sin embargo, deberías conocerme mejor.

Hablaba de ese modo porque la socorría con solicitud desde hacía ya mucho tiempo. Pero la mujer, sin querer oír sus razones, se apoderó de otra piedra, disponiéndose a tirársela. Entonces Henry, para librarse del golpe, alzó la fusta.

—¿Cómo? —rugió ella—. ¿Te atreverías a pegar a una mujer?

Y echó a correr como si efectivamente la hubiese golpeado.

La noticia corrió como reguero de pólvora. Henry había herido a Jessie Brown y ésta, a consecuencia de la agresión, estaba muriéndose. De ese modo, una calumnia tras otra, iban engrosando la bola de nieve hasta el punto de que milord y su hijo se vieron obligados a no salir del castillo.

A pesar de todo, Henry no se quejó; seguramente porque el fondo de aquel asunto era demasiado absurdo para que desde su altivez condescendiera a tratarlo. Se obstinó en un cerrado silencio y si milord se enteró de algo debió ser porque alguno de los servidores se lo contaría. En cuanto a Alison, que casi nunca se enteraba de nada, tampoco pareció interesarse por tales noticias.

En lo más intenso de esta tensión ocurrió que empezaron a circular rumores de que en Saint Bride, la ciudad más cercana a Durrisdeer, se preparaba una reunión para protestar contra ciertos abusos. Por el pueblo corrían voces de que antes de anochecer ocurrirían grandes sucesos y que, a instancias del jefe de la policía local, habían llegado tropas desde la lejana ciudad de Dumfries. Milord opinó que Henry debía acudir a dicha reunión.

—Lo exige el honor de nuestra casa —dijo—. Y si no vas, acabarán por decir que no tenemos influencia sobre nuestros vecinos.

—¡Menguada influencia es la mía! —repuso Henry. Y al ver que su padre insistía, añadió: —Debo confesaros la verdad: no me atrevo a mostrarme en público.

Alison le miró con aire despreciativo.

—Eres el primero de nuestra familia que dice algo así.

Milord también se mostró disgustado, pero para no desautorizar a su hijo y creyendo que su presencia le pondría a salvo de los ataques de la plebe, dijo:

—Iremos los tres.

Y, efectivamente, por primera vez desde hacía cuatro años, se calzó las botas para salir a la calle, lo que, desde luego, no resultó tarea fácil para Juan Pablo, su criado. Miss Alison se vistió de amazona y los tres salieron del castillo a caballo dirigiéndose a Saint Bride. En cuanto la gentuza que deambulaba por las calles vio a Henry, empezó a silbarle y gritar:

—¡Judas! ¿Qué ha sido del primogénito?

—¿Qué ha sido de los mozos que partieron con el señor?

Hubo algunos que incluso quisieron arrojarle piedras, pero los más sensatos se opusieron, en atención a milord y a la señorita Alison. Aquella escena persuadió a milord de que Henry tenía razón al no querer presentarse en público, y volvió grupas, triste y cabizbajo, regresando al castillo sin pronunciar una sola palabra. Alison tampoco dijo nada, pero no por eso dejó de pensar en lo ocurrido. Su orgullo de Durie se resintió en lo más íntimo, al ver cuán indignamente era tratado su primo, y pensando en ello, aquella noche no se acostó.

Muchas veces he censurado a milady, pero, recordando aquella noche, estoy dispuesto a perdonárselo todo.

Apenas amanecía, cuando Alison fue en busca de milord, que estaba sentado junto al fuego, y le dijo:

—Si Henry continúa queriéndome, ahora estoy dispuesta a casarme con él.

El anciano se mostró satisfecho.

Pero cuando ella habló con Henry, lo hizo de este modo:

—No estoy enamorada de ti, Henry; pero sí, y Dios lo sabe, siento por ti toda la piedad del mundo.

Henry no dijo nada. Se limitó a aceptar la mano de la mujer que amaba y con la cual se le permitía contraer matrimonio.

El día primero de junio de 1748 se casaron, y en diciembre de aquel mismo año entré yo en el castillo. Los sucesos que ocurrieron desde entonces los he ido anotando cuidadosamente, a medida que se iban produciendo ante mis ojos, con la misma fidelidad que si debiera dar testimonio de ellos ante un tribunal.

CAPITULO VIII

Tal como he dicho, llegué a Durrisdeer en el mes de diciembre. El frío era tan intenso, que casi cortaba la respiración. Sirviéndome de guía me acompañaba Patey Macmorland, el hermano de Tam. Era un arrapiezo de unos diez años más o menos, que estaba fuertemente influido por su hermano. Durante la última etapa de nuestro viaje, me contó las historias más siniestras que he podido escuchar en toda mi vida. Yo era muy joven y como tal excesivamente curioso. Hoy creo que no debí escucharle tan atentamente, ni dar demasiado crédito a sus historias, aunque lo cierto es que todo lo que me explicó me interesó vivamente. Mientras andábamos por un camino completamente cubierto de nieve, me narró los cuentos de los Claverhouse; cuando atravesamos los fangales, hasta casi hundirnos en ellos, me explicó las leyendas que corrían de boca en boca en aras de la fantasía popular. Cuando subimos a lo más alto de los peñascales, me contó las historias de los monjes, y al pasar por la abadía me informó de que los contrabandistas convertían las minas en depósitos de sus botines, por cuyo motivo desembarcaban casi siempre a la distancia de un tiro de cañón de Durrisdeer. Mientras recorríamos la carretera, los Duries y especialmente Henry, fueron objeto de predilección por parte de la maledicencia de aquel muchacho.

Después de esto, resulta fácil suponer que yo me hallaba muy mal predispuesto contra la familia a quien debía servir, de lo que incluso tuve que arrepentirme. Sin embargo, mi ánimo se elevó al ver como se alzaba el castillo de Durrisdeer sobre una hermosa bahía.

El edificio estaba construido al estilo francés, o tal vez al italiano, cosa en lo que no puedo afirmar nada, pues, en realidad, nunca estuve versado en tales asuntos. Estaba rodeado de un precioso jardín de verde césped con profusión de arbustos y corpulentos árboles. Cuando lo vi, mi primer pensamiento, ajeno a la belleza que contemplaba, fue:

"Con todo el dinero que se gasta en conservar eso se podría perfectamente levantar la situación de toda la familia, pues no dudo que aquí deben gastar una fortuna en conservar el jardín."

El propio Henry me aguardaba junto a la puerta del castillo. Era alto, joven, moreno al igual que todos los Duries, de rostro franco pero sin alegría y muy robusto de cuerpo, aunque no daba la impresión de tener muy buena salud. Me estrechó la mano con gesto sencillo, sin manifestar orgullo o altivez, y me habló con palabras cordiales y llenas de franca amabilidad. Sin hacer caso de mi traje, me llevó a la sala para presentarme a milord.

Era aún de día cuando entré en el salón, y lo primero en que se fijaron mis ojos fue en un pedazo de cristal incoloro, en forma de rombo, situado en medio de los blasones de los cristales coloreados del ventanal.

Recuerdo perfectamente que aquello me produjo una impresión desagradable, como si ello desluciera el conjunto de una sala tan hermosa, llena de retratos de los miembros de la familia, el estucado techo con estalactitas y la labrada chimenea, junto a la cual, sentado en su sillón, se hallaba el anciano lord leyendo a Tito Livio. Se parecía mucho a Henry y tenía su mismo aire de sencilla franqueza, pero aún más agradable, y su conversación era mucho más interesante.

Cuando le fui presentado, me hizo muchas preguntas acerca de la Universidad de Edimburgo, donde acababa de licenciarme, así como sobre los profesores, cuyos nombres, condiciones y caracteres particulares, parecía conocer a la perfección. De ese modo, hablando de cosas que a milord y a mí nos resultaban familiares, fui perdiendo la natural timidez que embargaba al entrar en el castillo que sería mi nuevo hogar. Así, pues, gracias a la cordial acogida de milord, perdí mis escrúpulos y se disiparon mis prevenciones contra los Duries. Seguíamos hablando cuando entró en la sala la esposa de Henry. Su aspecto no era gracioso. La primera impresión que me causó fue de que no era muy hermosa; además, me trató con menos cordialidad que los dos señores, por lo que inmediatamente la coloqué en el tercer lugar en la escala de mi estimación.

Al cabo de poco tiempo de estar en el castillo deseché completamente las historias que sobre los Duries me había contado aquel lenguaraz de Patey Macmorland, convirtiéndome en el más fiel servidor de la casa Durrisdeer, para no dejar de serlo jamás.

La mayor parte de mi afecto era para Henry. Con él era con quien yo trabajaba todos los días. Era un jefe exigente que reservaba toda su bondad para los ratos de ocio, mientras que en el despacho del administrador no sólo me abrumaba de trabajo, sino que, además, me vigilaba celosamente y con severidad. Sin embargo, un día levantó los ojos del papel en que estaba escribiendo y me dijo:

—Señor Mackellar, debo reconocer y manifestarle que trabaja usted muy bien.

Tales fueron sus primeras palabras de elogio hacia mi trabajo y hacia mí, desapareciendo la posible desconfianza que podía albergar sobre mi capacidad. Seguidamente empezó a distinguirme toda la familia con frases como "señor Mackellar, esto"... "señor Mackellar, lo otro"; por lo que casi todo el tiempo que pasé en Durrisdeer realicé mi trabajo con entera libertad y según mi criterio, sin que nadie me pusiera trabas o tratara de fiscalizar mis actos lo más mínimo. Incluso, cuando Henry me trataba con alguna severidad, en vez de sentirme enojado, mis sentimientos eran, por el contrario, de simpatía y de piedad hacia él, pues, evidentemente, era un hombre profundamente desgraciado, al que nada parecía capaz de consolar de su infelicidad.

A veces, cuando más ocupados nos hallábamos en nuestro trabajo, se dejaba ganar por una profunda melancolía y se quedaba serio, pensativo, con los ojos fijos en algún punto indeterminado, más allá de las páginas o de la ventana. Cuando le sucedía eso, el aspecto de su cara y los suspiros que se escapaban de su pecho despertaban en mí la curiosidad, pero también una viva conmiseración. Recuerdo perfectamente que un día nos retuvo un asunto en el despacho del administrador, pieza que se hallaba en lo alto del castillo y desde donde se divisaba la bahía y un altozano cubierto de árboles en medio de la anchurosa playa. Allí destacándose vivamente sobre el sol, que estaba hundiéndose en el horizonte, se podía ver a un grupo de contrabandistas, jinetes en sus monturas, que avanzaban por la arena. Al principio creí que Henry se había quedado deslumbrado por el sol, pues acababa de mirar fijamente hacia el Poniente, cuando, de pronto, frunciendo las cejas, se pasó una mano por los ojos y, esbozando una sonrisa, me dijo:

—No puede usted figurarse, amigo Mackellar, en lo que estaba pensando en estos instantes.

—¿Algo agradable, señor?

Como si no me hubiera oído, siguió diciendo:

—Pensaba que sería más feliz si partiese a caballo con ese pelotón de contrabandistas, para correr aventuras.

—Aventuras que pueden ser peligrosas.

—Aunque representaran un peligro mortal.

Moví la cabeza en gesto lleno de lástima y repliqué:

—Ya me he dado cuenta de que su rostro se animaba, señor, pero considero que es una ilusión engañosa envidiar a esas gentes en particular, o la suerte de otras personas en general, imaginando que el cambio sería beneficioso.

Como un colegial pedante, para dar mayor firmeza a mis palabras, cité una sentencia de Horacio. Henry se sonrió tristemente y luego, reaccionando, me dijo:

—Eso está muy bien, pero creo que va a ser preferible que volvamos a nuestro trabajo.

Algún tiempo más tarde pude aclarar la causa de su tristeza. Por otra parte, hasta un ciego se habría dado cuenta de que la sombra del primogénito de Balantry pesaba sobre el castillo. Muerto o vivo, aquel hombre era el rival de su hermano; su rival ante la gente que nunca tuvo una palabra amable para Henry y que, en cambio, elogiaba y echaba de menos al desaparecido, a quien por entonces se daba por muerto; y su rival en la casa, no sólo ante su mujer y su padre, sino también ante los criados. Dos de los más antiguos servidores parecían ser los jefes de cada bando. Juan Pablo, un hombrecillo calvo, ventrudo y muy santurrón, era el jefe de la facción favorable al primogénito. Nadie se atrevía a llegar tan lejos como Juan Pablo, que se complacía en exteriorizar públicamente su desdén por Henry haciendo comparaciones que resultaban ofensivas. Si bien es cierto que milord y Alison le reprendían por aquello, nunca lo hicieron con la suficiente energía. Bastaba que Juan Pablo pusiera cara llorosa y enjaretara unas cuantas lamentaciones, llamando al heredero "su rapaz", para que en seguida le perdonaran sus groserías. Henry, por su parte, lo soportaba todo en silencio, comprendiendo que no tenía ninguna posibilidad de combatir al fantasma de su hermano Jamie. El jefe del otro partido era Macconochie, un viejo borrachín baladrero, que no cesaba de gritar y de maldecir.

Siempre me ha parecido una cosa rarísima que cada uno de aquellos dos servidores se creyera destinado a ser el campeón de uno de sus señores, condenando los propios vicios y desprestigiando las personales virtudes, cuando éstas o aquéllos se hallaban en uno de los dos hermanos.

Macconochie conoció inmediatamente mi inclinación secreta hacia Henry y me hizo partícipe de sus confidencias, pasándose las horas, con evidente perjuicio de mi trabajo, hablándome mal del primogénito de la casa.

—Esos condenados han perdido el juicio — exclamaba—. El primogénito... ¡Que el viento se lleve a quienes así le llaman!... ¡Ahora no hay más señor que Henry! Os garantizo, querido Mackellar, que no se vanagloriaban tanto del otro cuando estaba aquí. ¡Maldito sea hasta el recuerdo de su nombre!...

"Jamás salía una palabra amable de sus labios, ni para mí ni para nadie. Todo eran chocarrerías, gritos, reprimendas, insultos y juramentos...

"Nadie ha sabido todo lo perverso que era... Y ahora, encima le llaman noble. ¿El, un noble?... Habrá usted oído hablar alguna vez de Wully White, el tejedor, ¿verdad?... ¿No? Pues bien, Wully era un hombre piadoso, aunque también era un tipo insoportable, que nunca me fue simpático y al que con dificultad yo podía soportar. Sin embargo, desempeñaba bien su cometido y en varias ocasiones se atrevió a plantarle cara disputando con él en forma harto violenta. ¿Cree usted, Mackellar, que era digno del señor de Balantry, discutir con un pobre tejedor?

Y al llegar a este punto, Macconochie sonreía socarrón. En realidad, nunca pronunciaba por entero el nombre del señor de Balantry sin lanzar al mismo tiempo una especie de gruñido rencoroso, como manifestación de su desdén o disgusto.

—Pues bien, así lo hizo. Bonita ocupación para el heredero de Balantry, alborotar ante la puerta del tejedor, gritando por la chimenea "¡Buuú!", ponerle pólvora en el fuego y arrojarle petardos por la ventana, de tal forma que el pobrecillo llegó a creer que todo aquello eran cosas del otro mundo.

"Bueno, para abreviar, os diré que Wully White acabó por impresionarse terriblemente, y por último le dio por estarse siempre de rodillas, rezando continuamente hasta que murió.

"Según todos los que se enteraron, aquello fue una especie de asesinato. Y si no cree que sea verdad lo que le digo, pregúnteselo a Juan Pablo; no se atreverá a negarlo, porque él mismo, que es buen cristiano, se avergonzaba de semejante broma. ¡Qué galardón para el heredero de Balantry!

—¿Qué pensaba de todo eso el heredero?

—¿Cómo quiere que lo sepa? —me contestó—. Jamás nos decía nada a los servidores.

Y de nuevo volvió a sus acostumbrados reniegos y maldiciones, repitiendo a cada paso "heredero de Balantry" con una sonrisa socarrona y con voz gangosa que en él adquiría tono insultante.

En una de aquellas confidencias que me hizo, Macconochie me dio a conocer la carta de Carlisle, que todavía conservaba la huella de la herradura del caballo. En realidad, aquella fue nuestra última confidencia, pues entonces se expresó de forma tan inconveniente para la esposa de Henry, la señora Alison, que me vi obligado a regañarle con acritud y a mantenerle a distancia en lo sucesivo.

Mi buen lord adoptaba una uniforme amabilidad para con su hijo Henry, exteriorizando su gratitud de donosas maneras, y a veces le daba unos golpecitos en la espalda al par que le decía en voz alta, como si quisiera que todos le oyesen:

—¡He aquí un buen hijo!

De ese modo, milord quedaba convencido de que dado el estricto espíritu de justicia de Henry, éste le quedaba agradecido y a la par él satisfacía su posible remordimiento, por la injusticia con que le tratara hasta entonces. Pero me parece que su afectuosidad se reducía a eso exclusivamente o poco menos. En realidad, todo su amor y simpatía eran para el hijo difunto, aunque nunca hacía alusiones a este respecto, al menos en mi presencia. Una sola vez me habló del heredero y recuerdo el motivo.

—¿Qué tal se lleva con Henry, señor Mackellar? —me preguntó milord, mientras yo estaba atizando el fuego.

Naturalmente respondí diciendo la verdad y haciendo los más grandes elogios de la persona de Henry. El entonces se quedó pensativo mirando las llamas y replicó:

—Sí, Henry es un buen muchacho, un joven inmejorable.

Luego, sin mirarme de frente, siguió diciendo con tono pensativo y como si hablara consigo mismo:

—Sin duda debe usted saber, señor Mackellar, que yo tenía otro hijo. Me temo que no era tan virtuoso como Henry, pero el pobre ha muerto. ¡Dios le tenga en su santa gloria!... Mientras vivió, todos estuvimos muy orgullosos de él, y creo que no habríamos podido quererle más, aun cuando en alguno de sus aspectos hubiera sido mejor de lo que era.

Aquellas últimas palabras las pronunció con los ojos clavados en las oscilantes llamas de la chimenea, y después, con gran vivacidad, exclamó:

—Me agrada mucho que se lleve usted bien con Henry. Creo que en él ha hallado usted un buen jefe.

Y en aquel momento abrió su libro, volviendo a él los ojos, lo que era su forma habitual de despedir. Pero apenas debió leer, y menos aún comprender lo que se decía en aquellas páginas, pues, creo yo, su imaginación no se ocupaba de otra cosa que de la batalla de Culloden y del heredero, y en la mía no había sino envidia hacia el difunto y compasión por Henry, sentimiento que desde hacía ya mucho tiempo se había apoderado de mí.

**

He dejado para lo último hablar de la esposa de Henry, por lo que podrá aparecer más claro mi sentir respecto a ella, aunque sobre esto el lector podrá juzgar fácilmente. Sin embargo, ante todo, debo exponer otro asunto que vino a hacer más estrecha la amistad con mi jefe. No llevaba aún seis meses en el castillo de Durrisdeer cuando Juan Pablo cayó enfermo y tuvo que guardar cama. A pesar de que, en mi opinión, la causa de todos sus males estaba en la bebida, se le atendió con todo cuidado y él mismo, durante la enfermedad, se comportó como un santo, hasta el punto de que el sacerdote que vino a verle se quedó conmovido. Al tercer día de su enfermedad, Henry me salió al encuentro muy cariacontecido.

18/83

—Mackellar, voy a pediros un pequeño favor —me dijo—. Nosotros estamos pagando una pensión y Juan Pablo era el encargado de llevarla, pero como está enfermo, no sé a quién dirigirme, ya que se trata de una cuestión muy delicada. Tengo mis razones para no hacerlo personalmente y no me atrevo a enviar a Macconochie porque es un charlatán impenitente y, además... estoy... en fin, no quiero que esto llegue a oídos de mi mujer —terminó diciendo, al par que se ruborizaba como si fuera un colegial.

A decir verdad, cuando supe que se trataba de llevar dinero a la tal Jessie Brown, cuya fama de lenguaraz y de mujer poco sensata había llegado hasta mí, supuse que Henry trataba de ocultar a Alison algún devaneo de juventud. Eso hizo que, cuando me enteré de la verdad del asunto, mi impresión fuera mucho mayor. La tal Jessie Brown vivía al final de una avenida con vistas a una calleja de Bride. Por aquellos lugares abundaban los maleantes, sobre todo los contrabandistas. A la entrada de la calle se veía un hombre con el cráneo hendido, y un poco más allá, a pesar de ser las nueve de la mañana cuando yo fui, estaba la taberna en la que se reunía un grupo de personas vocingleras, que no cesaban de gritar y dar voces o de entonar canciones. En suma, ni siquiera en Edimburgo he podido ver vecindad peor que aquélla, por lo que estuve muy tentado de volverme al castillo sin realizar mi cometido.

La vivienda de Jessie no era mucho mejor que las otras y su estado no desmerecía de las demás. Se componía de una estancia con las dependencias correspondientes. Y allí tuve que permanecer mientras ella iba a buscar bebidas a la cercana taberna, pues no quiso entregarme el recibo firmado hasta no haber vaciado un vaso con ella. Como Henry me había recomendado que no me fuera sin el recibo, pues era muy metódico, no tuve más remedio que soportar aquella desagradable presencia y echar un trago en su molesta compañía. Durante mi visita no cesó de comportarse de una manera alocada, imitando los modales de las damas de la buena sociedad en una parodia que resultaba harto enojosa, mostrándose alegre en exceso, sin motivo que lo justificara y con gran disgusto por mi parte. Cuando le di el dinero se puso muy trágica y gritó:

—¡Este es el precio de la sangre! ¡Por eso me lo dan!

Luego, aumentando el diapasón de su voz, de por sí bastante estridente, continuó diciendo a gritos:

—¡Este dinero es el precio de la sangre del que fue traicionado! ¡Ved a lo que he quedado reducida!... ¡Ah, si aquel rapaz hubiera podido volver!... Todo sería muy distinto para mí, y para los demás... ¡Pero ha muerto! El pobre rapaciño está enterrado en las montañas del Highland.

Y lloriqueaba tan a la perfección, a cuenta de aquel al que ella llamaba su rapaciño, que llegué a pensar si no habría aprendido aquellos modales, o técnica, de los cómicos ambulantes. Me pareció observar que su pesadumbre era pura farsa. Faltaría a la verdad si no dijera que al principio llegué a compadecerla, pero ello fue con una mezcla de disgusto que desapareció ante su último modo de proceder. Cuando tuvo a bien dar por terminada mi visita y se hubo dignado firmar el recibo que llevaba, me lo arrojó a la cara gritando una serie de groserías y de insultos que resultaban horribles en labios de una mujer, concluyendo por decir:

—¡Vete de aquí, condenado! ¡Vete y lleva ese papel al Judas que te ha enviado!

Aquella era la primera vez que oía calificar de tal modo a Henry y quedé tan desconcertado por ello y por la súbita aspereza de la voz de Jessie y la ordinariez de sus modales, que salí del cuarto como perro apaleado y bajo una lluvia de maldiciones. Ni aún en la calle me sentí libre de ellas, pues abrió una ventana e inclinándose en el antepecho, continuó lanzándome sus groserías mientras yo descendía a lo largo de la avenida. Los contrabandistas salieron entonces de la taberna y desde el umbral unieron sus insultos a los de Jessie Brown. Uno de ellos tuvo además la idea de arrojar detrás de mí a un perro que me persiguió con saña hasta morderme en el tobillo.

Todo aquello era un buen aviso para mí de lo que sucedía a la gente que aceptaba malas compañías, y me propuse no volver nunca más a poner los pies en semejante lugar ni en otro parecido. Me volví al castillo con la consiguiente molestia por la mordedura y lleno el espíritu de la natural y justa indignación. Henry aparentaba estar atareado, pero en realidad no hacía sino aguardarme en el despacho del administrador. Me di perfecta cuenta de que estaba ansioso por conocer el resultado de mi visita.

—¿Qué hay? —me preguntó apenas entré en el despacho.

Le referí parte de lo sucedido, finalizando por decir:

—Si me permitís un consejo, señor, os diré que esa Jessie Brown es una mala pécora, que no se merece nada de cuanto hacéis por ella. Es indigna de vuestras bondades y, además, la juzgo incapaz de ser agradecida.

Henry hizo un gesto como de cansancio y me dijo:

—No es amiga mía. En realidad —añadió tras una breve pausa— apenas si tengo amigos, y Jessie tiene suficientes razones para mostrarse injusta. No debo ocultarle a usted, amigo Mackellar, lo que sabe toda la comarca, y es que esa desgraciada fue injustamente maltratada por..., en fin, por un miembro de la familia.

Aquella era la primera vez que le oía hacer alguna alusión, aunque remota, al heredero, y me pareció que luego se arrepentía de hablar tanto. Sin embargo, prosiguió diciendo:

—Ahora puede comprender por qué deseaba que no se supiera nada de esto, ya que ello apenaría mucho a mi mujer... y a mi padre — añadió ruborizándose de nuevo.

—Si me lo permitís —le dije—, os aconsejo que no os ocupéis más de esa mujer.

—¿Por qué?

—Porque vuestra ayuda no le sirve de nada.

—No es posible que digáis eso. El dinero siempre es útil.

—No a una mujer como Jessie Brown. No es sobria ni ahorrativa, y por lo que toca al agradecimiento, antes de que ella os lo tuviera podríais sacar leche de una piedra de afilar.

Henry quedó pensativo y yo proseguí diciendo:

—Si queréis poner fin a vuestras bondades, estad seguro de que todo seguirá como hasta ahora, con la diferencia de que los tobillos de vuestros emisarios no sufrirán ningún deterioro.

Al oírme se sonrió.

—Me apena mucho lo de vuestro tobillo, Mackellar.

Yo, sin hacer caso de la seriedad que se reflejó en su rostro al finalizar la frase, y que borraba todo rastro de la primera sonrisa que me había dirigido, proseguí:

—Tened en cuenta que os doy ese consejo después de haber reflexionado y que debo deciros que esa mujer me conmovió en un principio llegando a juzgar, como vos, que era digna de ayuda.

—¿Lo estáis viendo? —me interrumpió Henry entonces—. No hay que olvidar que la he conocido de otra manera y en otro tiempo. Además de esto, aun cuando apenas hablo de mi familia, me inquieta lo que hace referencia a su reputación.

En este punto cortó la conversación, la primera que sostuvimos los dos sobre este género. Pero aquella misma tarde tuve la prueba de que su padre conocía perfectamente ese asunto, que sólo debía ser un secreto para la esposa de Henry.

—Me temo que hoy hayáis hecho un penoso encargo dé mi hijo —me dijo milord—. Y como eso no cae dentro de vuestras habituales obligaciones, os lo agradezco. Al mismo tiempo, y por si a mi hijo Henry se le hubiera olvidado, me permito recordaros que sería preferible que de todo esto no se os escapara ninguna palabra delante de mi nuera. Además, tened presente, señor Mackellar, que las reflexiones sobre los muertos son doblemente penosas.

Aquellas palabras me disgustaron y enrojecí de cólera estando casi a punto de decirle a milord lo impropio que a mi juicio resultaba tratar de engrandecer la imagen del difunto señor de Balantry ante los ojos de su nuera, pero no me atreví a decirle que hubiera sido mucho mejor que destronara a aquel falso ídolo, aunque ya en aquella época me había dado perfecta cuenta de cuál era la situación en que se encontraba Henry con su mujer.

Debo advertir que si bien mi pluma posee la suficiente claridad para referir sencillamente una historia, temo no poder conseguir con la misma claridad o facilidad, algo que considero sumamente arduo y penoso como es el dar a conocer una multitud de pequeños detalles, y condensar en media página lo esencial de cuanto sucedió en casi dieciocho meses. Si debo hablar con claridad, diré que la culpa de todo fue enteramente de la mujer de Henry. Ella se consideraba merecedora de toda clase de elogios por haber consentido en aquel matrimonio, que soportaba con aire de mártir. En cuanto a milord, a sabiendas o no, más bien parecía excitarla en tal creencia. Alison consideraba también como un mérito su constancia hacia el muerto, si bien, una conciencia más recta habría considerado que la sola pronunciación de su nombre, debía representar una deslealtad y hasta una ofensa para el vivo. En este sentido, milord también aprobaba su actitud. Supongo yo que se sentían felices al hablar de lo que habían perdido, y aunque les repugnaba manifiestamente hablar de ello delante de Henry, formaban ellos dos y el muerto, un terceto, una especie de corrillo, del que dejaban aparte, separado, al menor de los dos hermanos, al marido de Alison.

A lo que parece, era una antigua costumbre en el castillo de Durrisdeer que, cuando la familia se hallaba sola, milord tomase el vino junto a la chimenea y que Alison, en vez de retirarse, acercara un escabel y se sentara a su lado para charlar con milord. Al casarse con su hijo Henry, todo siguió del mismo modo. Aquello me hubiera resultado sumamente agradable y hubiera visto con gusto el cariño de milord hacia su nuera, de no ser porque yo era muy adicto hacia Henry y que me apenaba verle excluido de ese modo de las conversaciones que ambos sostenían y en las que él no podía tomar parte.

Algunas veces vi a Henry claramente decidido a abandonar la mesa y reunirse con su mujer y con su padre. Estos, por su parte, no dejaban nunca de concederle una benévola acogida, volviéndose hacia él y sonriéndole igual que si se tratara de un intruso, al que debieran guardar ciertas consideraciones, más bien que como a un hijo o al marido. El mal disimulado esfuerzo con que le admitían en su conversación, resultaba tan patente que Henry, al comprenderlo, hacía un gesto de malhumor y acababa por abandonarlos viniendo a sentarse a mi lado. Luego, como la sala del castillo de Durrisdeer era tan grande, apenas si podíamos oír el murmullo de sus voces junto a la chimenea. Henry les miraba y yo le imitaba; entonces, al ver a milord mover tristemente la cabeza o colocar la mano sobre la cabeza de su nuera en un gesto lleno de pesadumbre, o a ella apoyar el rostro en la rodilla del anciano, o cambiar unas miradas preñadas de lágrimas, no nos resultaba cosa muy difícil deducir que, una vez más, la conversación había recaído como siempre en el mismo tema y que la sombra del muerto flotaba en la estancia.

**

Algunas veces me he permitido censurar a Henry por haber sobrellevado todo aquello con excesiva paciencia; pero no hay que olvidar que, casado por piedad con Alison, ésta le había admitido como esposo únicamente bajo esa condición ineludible.

Una vez, Henry dijo que había contratado a un hombre para remplazar el cristal de la vidriera, lo que claramente caía dentro de sus atribuciones, puesto que bajo su dirección estaban todos los asuntos del castillo. Pero para los adoradores del difunto heredero aquel cristalito era algo así como una reliquia, y en cuanto se pronunció la primera palabra de referencia al remplazamiento, la cara de la esposa de Henry enrojeció.

—¡Me llenáis de asombro! —exclamó.

Henry la miró dolorido, y con más amargura que nunca, sintiendo que el abismo que les separaba era cada vez mayor, murmuró:

—¡Mas asombrado estoy yo de vuestra obstinación en un recuerdo que os complacéis en alimentar, aunque sólo sea por el placer de herirme!

—Sois injusto conmigo —protestó ella.

—¿De veras lo creéis así?

—Sí.

Los dos se miraron como antagonistas. En ese punto intervino el anciano tratando de apaciguarlos. Henry se encogió de hombros y no llevó adelante la discusión, de modo que antes de que la comida hubiera finalizado todo pareció olvidado. No obstante, después de comer, cuando milord y Alison, siguiendo su costumbre, se situaron junto al fuego, vimos llorar a la joven con la cabeza en las rodillas del anciano. Henry sostuvo conmigo una conversación sobre algo relacionado con las tierras, ya que apenas si sabía hablar de otras cosas; pero aquel día habló más que de costumbre, dirigiendo sin cesar miradas a la chimenea y cambiando los tonos de su voz, sin que yo pudiera vislumbrar los motivos que guiaban sus palabras, ni viera el modo de detener aquel discurso de palabras sin sentido.

En conclusión: el cristal no fue remplazado. Todo siguió igual y Henry, me parece a mí, que tomó aquello como si hubiera perdido una batalla en la que se jugaba mucho.

Ignoro si Henry era o no bastante animoso, pero puedo afirmar, y bien sabe Dios que no exagero, que era demasiado bueno. Su esposa le trataba con una especie de condescendencia que, procediendo de una mujer, incluso a mí mismo me habría molestado, picando mi amor propio hasta hacerlo estallar; pero él, por el contrario, lo aceptaba como si fuera una merced. Ella le mantenía a distancia aparentando olvidarle, para luego fijarse en él y mostrarse alegre, del mismo modo que se hace con los niños. De pronto, le agobiaba con una fría amabilidad, para luego reprenderle cambiando de color y mordiéndose los labios, como si se doliera de la suerte que le había correspondido. Cuando él estaba distraído le daba órdenes con aire irritado y displicente, y cuando ponía atención, le pedía las cosas más sencillas con tanta humildad que no parecía sino que se trataba de grandes favores. Él lo soportaba todo con inagotable paciencia e incluso con complacencia, y creo que habría besado la huella de sus pasos, llevando en los ojos aquel amor como el resplandor de una lámpara.

Hasta el momento de nacer la pequeña Catalina no se movió del lado de su esposa, permaneciendo allí, sentado, con el rostro más blanco que la pared, la frente sudorosa, y de tal modo estuvo estrujando un pañuelo entre sus dedos que lo convirtió en una bolita poco mayor que una bala de fusil. Por el contrario, su conducta para la pequeña fue muy distinta de la que debió haber sido, pues durante varios días no pudo soportar la presencia de la niña e incluso dudo que el afecto por su hija fuera tan intenso como debió ser el que correspondía a un buen padre. Esta fue otra de las cosas que más se le censuraron y que se consideró como un defecto de su corazón frío y poco amigo de apasionamientos. Tal era la intimidad de aquella familia hasta que llegó el día 7 de abril de 1749, fecha esta en la que ocurrió el primero de los acontecimientos, que debían ser los encargados de destruir tantas vidas y destrozar tantos corazones que yo quería.

Aquel día me encontraba sentado en mi cuarto, poco antes de la hora de la cena, cuando Juan Pablo abrió bruscamente la puerta, sin haber llamado previamente y me dijo en tono socarrón:

—Abajo hay alguien que quiere hablar con el administrador.

—¿De quién se trata?

—No le conozco.

—Bueno —repliqué conciliador—. Al menos podrás decirme qué tal aspecto tiene, si es hombre acomodado o no, y supongo que también te habrá dicho algo sobre su personalidad.

Juan Pablo movió la cabeza negativamente.

—No, no me ha dicho nada. Se ha negado a revelar su identidad a otra persona que no fuera el administrador del castillo.

Entonces me expliqué el mal humor de Juan Pablo, ya que el desconocido, con su conducta, infligía una dolorosa afrenta al suspicaz orgullo del mayordomo.

—Perfectamente —añadí, riéndome para mis adentros—. Ahora mismo voy a ver quién es y qué desea.

Y bajé las escaleras detrás de Juan Pablo.

En la antesala me tropecé con un hombre corpulento, ataviado de forma sencilla y envuelto en un capote de marino, lo que me hizo pensar que aquel individuo acababa de desembarcar. Cerca de él estaba Macconochie, con la lengua fuera y la mano en la barbilla, igual que si estuviera en acecho. El extranjero, con la cara medio cubierta por el capote, parecía turbado. En cuanto me vio se dirigió a mí con ademanes expresivos.

—Querido joven —me dijo—, os ruego me perdonéis por haberos molestado, pero me encuentro en la más embarazosa de las situaciones. Hay aquí un zascandil cuya fisonomía conozco ya demasiado y que no comprendo por qué tiene que mirarme con tanta insistencia. Las funciones que desempeñáis en esta casa implican cierta responsabilidad, caballero, y por eso me he permitido llamaros. Además por vuestro rostro podría jurarse que sois hombre honrado, y que, por lo tanto, debéis pertenecer al partido de los leales.

—Lo único que puedo afirmar —repliqué—, es que cuantos pertenecen a ese partido, se hallan perfectamente seguros entre las paredes del castillo de Durrisdeer.

—Querido joven —repuso—, eso mismo es lo que creo yo. Y ahora vamos al asunto que nos interesa, puesto que acabo de ser dejado en tierra cerca de aquí por un honradísimo hombre, cuyo nombre creo haber olvidado, y que, a pesar del peligro cierto que ello supone para él, va a barloventear aguardándome hasta mañana. Y, hablando con franqueza, debo deciros que tengo mis razones para creer que yo también puedo hallarme en peligro.

Al llegar a este punto hizo una pausa como si estuviera recopilando sus pensamientos.

Luego, prosiguió diciendo:

—He salvado mi vida tantas veces, señor... ¡vaya!, también debo haber olvidado vuestro nombre, que debe ser honorabilísimo, pero volviendo a lo que iba, he salvado tantas veces mi vida, repito, que no me hace maldita la gracia perderla ahora. Ese oyente de ahí —añadió señalando a Macconochie, que no le quitaba el ojo de encima. — es alguien que creo haber visto en Carlisle y...

—¡Oh!, caballero —interrumpí yo—. Podéis fiaros de Macconochie hasta mañana. Os lo aseguro.

—Bien, me complace mucho oíros hablar de tal modo. No me conviene publicar mi nombre en este país, pero ante un caballero como vos, querido joven, no quiero ocultar nada, y si me lo permitís, os diré mi nombre al oído.

Se acercó un poco más y cuando estuvo a mi lado, en gesto confidencial y en vez relativamente baja, me dijo:

—Me llamo Francis Burke.

—¿El coronel Burke?

—Precisamente. Yo soy el coronel Burke y si he venido aquí, con evidente riesgo de mi vida, ha sido para ver a vuestros señores; me perdonaréis que les dé ese nombre, mi buen amigo, pues se trata de un detalle que no creo hiera vuestra susceptibilidad.

—¿Para qué queréis verles?

El coronel Burke se sonrió como si mi pregunta fuera motivo de regocijo para él, y bailándole la risa en los ojos, me contestó con gravedad:

—Os quedaré muy reconocido si lleváis vuestra cortesía hasta el extremo de anunciarme a ellos.

—Pero, ¿cuál es el motivo de vuestra visita?

—Podéis decirles que les traigo unas cartas cuya lectura no dudo que les proporcionará un vivísimo placer.

Aquí debo aclarar que el coronel Francis Burke era uno de aquellos irlandeses que tanto daño hicieron a la causa del Príncipe, y a los que allá en la época de la revolución, los escoceses detestaban cordialmente.

En seguida recordé que el heredero de Balantry había asombrado a todo el mundo al ligarse con aquella clase de gentes, y en el mismo instante sentí que mi espíritu se conmovía y mi alma era invadida por el vivo presentimiento de la verdad.

Me dirigí hacia la puerta de un aposento y al abrirla me volví hacia el coronel diciéndole:

—Hacedme el favor de entrar aquí.

El coronel hizo una ligera inclinación de cabeza al par que respondía:

—Gracias, caballero. Me parece muy bien, señor... Señor... ¡Vaya! Sigo sin lograr recordar vuestro nombre.

Me encogí de hombros sin tratar de decirle cuál era mi nombre, que, desde luego, no podía olvidar, porque no se lo había dicho. Así que le volví la espalda sin hacer caso de su segunda insinuación y con paso lento me dirigí a la sala donde se hallaban reunidos los miembros de la familia: el anciano lord en su sitio, su nuera trabajando junto a la ventana y Henry, como de costumbre, paseando a largas zancadas. En el centro estaba la mesa puesta ya para la cena, sobre la que dirigía una mirada distraída mientras carraspeaba y me disponía a comunicar el deseo del coronel.

Concisamente les transmití las palabras del coronel Burke, fijándome en cuáles eran las reacciones de cada uno. Milord se quedó como desvanecido en su butacón; su nuera, con movimiento maquinal, se puso de pie, ella y su marido se miraron a los ojos, sin dar un paso por acercarse. Ambos estaban a uno y otro extremo de la sala, pero, en realidad, por sus miradas podía apreciarse que la distancia que les separaba era mucho mayor. Aquella mirada que se cruzó entre los esposos fue el más singular desafío a que yo pude asistir. Y pude apreciar cómo ambos palidecían visiblemente. Entonces, Henry se volvió hacia mí, no para hablarme, sino para hacer un gesto con la mano, lo que fue suficiente para que saliera de la sala yendo en busca del coronel.

Cuando regresamos, les encontré como les había dejado. Seguramente, en mi ausencia no debieron cambiar ni una sola palabra, respecto al asunto que a todos nos preocupaba. El coronel se dirigió al anciano e, inclinándose, preguntó:

—¿Milord Durrisdeer?

El viejo lord, por toda respuesta, inclinó ligeramente la cabeza. Entonces, el coronel se dirigió a Henry diciendo:

—El señor, sin duda, debe ser el señor de Balantry.

—Jamás he tenido ese título —contestó con sequedad—. Soy Henry Durie, para serviros, caballero.

Con exquisita galantería, el coronel saludó a la señora Durie, llevándose el sombrero al corazón e inclinándose.

—Ante tan distinguida dama no es posible equivocarse. ¿Tengo el gusto de dirigirme a la seductora miss Alison; de la que he oído hablar con tanta frecuencia?

Nuevamente, marido y mujer cambiaron una mirada desafiante. Ella fue la primera en bajar los ojos, y volviéndose hacia el coronel, respondió:

—Soy la esposa de Henry Durie, aunque mi nombre de soltera es, en verdad, Alison Graeme.

En aquel instante, el anciano lord hizo un gesto de impaciencia.

—Ya soy viejo, coronel Burke —dijo—, y mi salud es muy delicada. Me haréis un gran favor si sois breve. ¿Venís a comunicarme noticias de...?

Dudó un momento como si no se atreviera a pronunciar el nombre de su primogénito, pero luego, rehaciéndose, aunque cambió mucho el tono de su voz, musitó: —¿Traéis noticias de mi hijo?

—Mi querido lord —dijo el coronel—, os seré franco como corresponde a un soldado.

Aquí hizo una pausa y paseó su mirada por los expectantes rostros de los que allí estábamos. Luego, con sonrisa triunfante, añadió:

—Sí, milord. Os traigo noticias de vuestro hijo.

Milord alzó una mano vacilante, en un gesto que nadie pudo saber si era para detener sus palabras, o para hacerle hablar.

—¿Buenas? —preguntó con voz temblorosa.

—¡Las mejores del mundo! —exclamó el coronel. Se oyó un suspiro que salía de los labios del viejo lord, mientras el coronel seguía diciendo: —En este momento mi excelente amigo y honorable camarada se halla en París, y si sus costumbres no han variado, debe disponerse a comer. Pero... ¡pardiez!, me parece que milady va a desmayarse.

Efectivamente, la señora Durie se había puesto tan pálida como una muerta, viéndose precisada a recostarse en el alféizar de la ventana. Pero cuando Henry se disponía a ayudarla, ella se irguió como sacudida por una corriente eléctrica al par que decía:

—Me encuentro perfectamente.

Pero sus labios estaban descoloridos y el estado de su esposa no pasó desapercibido a Henry, por cuyo semblante cruzó un ramalazo de cólera.

Pasaron unos segundos que parecieron siglos y luego, Henry se volvió hacia el coronel, diciéndole:

—No tenéis que reprocharos nada, caballero, por el malestar de mi esposa. Es muy natural. Tened en cuenta que los tres nos hemos criado desde pequeños como hermanos.

La señora Durie dirigió a su marido una mirada entre consoladora y reconocida, y, a mi modo de ver, aquellas palabras fueron las primeras que sirvieron para acercar a ambos esposos, y que Henry consiguiera el cariño de su mujer, de la que le había distanciado hasta entonces el recuerdo del fantasma del presunto muerto Jamie de Balantry.

A pesar de lo que acababa de decirle Henry, el coronel se excusó ante la señora Durie.

—Debéis perdonarme, señora, pues en realidad soy un irlandés un poco tosco y merecería que me mataran por no haber sabido comunicar más hábilmente tal noticia a una señora.

Entonces sacó unas cartas de su casaca.

—Pero he aquí las propias cartas de mi amigo. Una para cada uno de ustedes y seguro estoy de que en ellas les contará su historia con mayor encanto que pueda hacerlo yo, pues nunca conocí a nadie que fuera tan ingenioso como él.

Ordenó con parsimonia las cartas de acuerdo con sus direcciones. Ofreció la primera a milord, que la cogió, y se dirigió después a la señora Durie para entregarle la segunda, pero ella la rechazó con un ademán.

—A mi marido —dijo, visiblemente turbada.

El coronel, aunque era hombre de mucho mundo, quedó desconcertado.

—Comprendo —murmuró—. ¡Qué necio soy!

Pero siguió sin desprenderse de la carta hasta que Henry alargó la mano y no tuvo más remedio que entregársela junto con la que le iba destinada.

Henry contempló los dos sobres, frunció las cejas y por un momento pareció estar reflexionando. Ya me había sorprendido su forma de actuar hasta entonces, pero todavía hizo algo que me extrañó más.

—Permitidme que os acompañe a vuestra habitación —dijo a su esposa—. El acontecimiento ha sido completamente inesperado y por otra parte estoy seguro de que desearéis leer la carta a solas.

Nuevamente, Lady Durie le lanzó aquella mirada en la que se mezclaban la sorpresa y el reconocimiento, e hizo ademán de responder, pero él, sin darle tiempo, siguió diciendo:

—Creedme, es preferible así. Además, el coronel Burke es lo suficientemente discreto para excusaros.

Y con manifiesta ternura, cogió la punta de sus dedos conduciéndola fuera de la estancia. Lady Durie no volvió a aparecer ante nosotros en toda la noche, y cuando, a la mañana siguiente, Henry la visitó en sus habitaciones, ella le devolvió la carta sin abrir.

—¡Oh! ¡Leedla vos misma y que esto acabe! —exclamó él. Pero ella, con gesto duro, le entregó la carta diciendo:

—Por favor, ahorradme semejante cosa.

Y así, con estas frases, estropearon ambos lo que, en mi opinión, empezara con buenos auspicios. Para terminar, diré que la carta fue a parar a mis manos, y que la quemé sin abrirla. A fin de relatar con exactitud las aventuras del heredero, después de la batalla de Culloden, escribí últimamente al coronel Burke, hoy caballero de la Orden de San Luis, pidiéndole algunas notas escritas, ya que me resultaba empresa muy difícil, después de tanto tiempo, fiarme de mi memoria.

Confieso sinceramente que me sorprendió su respuesta, pues me remitió las memorias completas de su vida, sin otra cosa que algunas alusiones al heredero y abrazando un período mucho más extenso que el que mi historia debía abarcar.

En su carta, fechada en Ettenheim, me rogaba que le buscara un editor para la totalidad de su obra, después de que yo me hubiera servido de ella a mi antojo. Para lograr lo que me propongo y responder a su petición me ha parecido mejor ir entresacando de aquí y de allá ciertos pasajes. Mis lectores hallarán un relato detallado, y creo que verídico, de algunos episodios esenciales, y, si el estilo del coronel Burke seduce a algún editor, ya sabe a quién puede pedir el resto, que pongo a su disposición. Inserto aquí el primer extracto que comprende el relato hecho por el coronel en el comedor del castillo. Como ya supondrán los lectores, el coronel no ofreció a milord el hecho en toda su desnudez, sino una versión muy bien arreglada:

CAPITULO IX

LAS PEREGRINACIONES DE JAMIE

(Extracto de las memorias del Caballero de Burke)

Salí de Ruthven —no hay que negarlo— con mucha más satisfacción de la que tuve al llegar; pero, sea que me equivocara de camino en aquellas soledades, sea que me abandonaran mis compañeros, lo cierto es que muy pronto me vi solo. Mi situación era sumamente desagradable, pues jamás logré comprender a los salvajes moradores de aquella horrible comarca y, además, el golpe postrero de la retirada del Príncipe, hizo que los irlandeses fuéramos todavía más impopulares entre ellos.

Reflexionaba sobre mi situación, cuando vi en la colina a otro caballero que, al principio me pareció un fantasma, pues por todo el ejército había corrido la noticia de su muerte. Me refiero al señor de Balantry, hijo de lord Durrisdeer, un joven hidalgo de gran valor y dotes excepcionales, destinado por la Naturaleza a ser gala y ornato de una corte y a cosechar laureles en los campos de batalla.

Me alegré vivamente de aquel encuentro, ya que aquel joven era uno de los pocos escoceses que trataban consideradamente a los irlandeses, y en aquellos instantes podía serme de gran utilidad para evadirme. Sin embargo, fue preciso que nos sucediera una aventura, casi tan novelesca como una leyenda del rey Arturo, para que intimásemos verdaderamente. Ello sucedió al segundo día de nuestra fuga. Acabábamos de pasar la noche bajo la lluvia, en la ladera de una montaña, cuando vimos a un hombre de Appin, llamado Alan Black Stewart, que venía siguiéndonos y que tuvo una pendencia con mi compañero. Entre ellos se cambiaron palabras ofensivas y Stewart exigió a Balantry que bajara del caballo para batirse con él.

—No, Stewart —repuso Balantry—. Mejor será que demos una carrerita los dos juntos.

Y picó espuelas a su caballo.

Stewart corrió detrás de nosotros durante una milla aproximadamente y no pude por menos de reírme cuando le vi en una pendiente jadeante y completamente extenuado. Todavía riendo le dije a Balantry:

—Yo no dejarla que nadie corriera detrás de mí de ese modo, sin darle una satisfacción. Ciertamente que la broma tiene gracia, pero también encierra algo de cobardía.

Balantry me miró frunciendo el ceño.

—Me atrevo a cargar con el hombre más impopular de toda Escocia y aún ponéis en duda mi intrepidez.

—¡Diantre! —repliqué—. Yo puedo mostraros en seguida otro más impopular, y si mi compañía no os agrada, podéis "cargar" con cualquier otro.

Balantry hizo un gesto de impaciencia.

—Coronel Burke, no riñamos por tan poca cosa, aunque fuerza es advertiros que soy el hombre menos paciente del mundo.

—¡Menor que la vuestra es todavía mi paciencia!

—A este paso —repuso, deteniendo su cabalgadura—, no creo que podamos ir muy lejos. Propongo que hagamos una de estas dos cosas: batirnos para acabar de una vez o firmar el compromiso de soportarnos.

—¿Como si fuéramos hermanos?

—No he dicho tal tontería —contestó secamente—. Ya tengo un hermano y maldito si me importa algo. Si hemos de molestarnos continuamente en el curso de nuestra fuga, será mejor que cada uno se comporte como un salvaje, pero que los dos juremos no despreciar, ni reñir con el otro. En el fondo soy un individuo perverso y la afectación de la virtud me molesta en gran manera.

—Pues yo soy tan perverso o más que vos — dije—. Puedo garantizaros que Francis Burke no lleva miel en las venas. En fin, ¿nos decidimos por el combate o por la amistad?

—¡Bah! —replicó—. Lo mejor será echarlo a suertes.

Y como la proposición me pareció tentadora, echamos una moneda al aire para saber si debíamos degollarnos o convertirnos en amigos bajo juramento. La moneda decidió la paz y sellamos el acuerdo con un apretón de manos. Entonces me explicó el motivo por el cual había abandonado a Stewart y en verdad que sus razones eran dignas de su sagacidad.

—El rumor de mi muerte —me dijo—, es mi mejor salvaguardia, y como Stewart al reconocerme, se convertía en un peligro, he adoptado el mejor medio para asegurarme su silencio, pues es demasiado vanidoso como para referir semejante aventura.

CAPITULO X

Comprendí que tenía razón y continuamos la marcha. Por la tarde llegamos a orillas de la ensenada que era nuestra meta. Un barco, el Santa María de los Ángeles, acababa de anclar en el puerto, procedía de Havre-de-Grace, y Balantry, después de llamar por señas a una embarcación, me preguntó:

—¿Conocéis al capitán?

—Sí, es un compatriota, pero tan honrado que me temo sea demasiado escrupuloso.

—Eso poco importa —dijo—. Debe saber la verdad.

Le miré sorprendido.

—¿Pretendes hablarle de la batalla?

—Desde luego.

—Pero, en cuanto se entere del mal estado en que están nuestras cosas, levará anclas inmediatamente llevándose su carga.

—¿Y aunque así sea, qué?... Las armas ya no resultan de ninguna utilidad para el Príncipe.

—Querido amigo. No es que piense en las armas. Es de nuestros amigos de quienes tenemos que acordarnos. Deben venir pisándonos los talones, e incluso es posible que el Príncipe en persona venga detrás de nosotros.

—¿Y qué?

—Si el barco leva anclas quedarán en peligro muchas vidas preciosas.

—El capitán y la tripulación también tienen sus vidas — dijo Balantry.

En realidad, mis objeciones eran un simple pretexto. Yo no quería que hablara de aquello con el capitán, pero Balantry invocó el pacto que nos unía.

—Recordad lo convenido, Francis. Yo no me meto en que vos habléis, pero os invito a que procedáis en consecuencia. Conforme a lo acordado debéis dejarme en libertad de hablar.

Ante tales razones no tuve otra solución, que echarme a reír y dejarle hacer lo que le viniera en gana, aunque bien es verdad que todavía insistí sobre las consecuencias que su proceder podía acarrearnos.

—Suceda lo que suceda, me tiene por completo sin cuidado —dijo el empedernido joven—. Y puedo aseguraros que siempre he seguido mis impulsos al pie de la letra.

Mi augurio se realizó, ya que el capitán, apenas enterado de los sucesos, soltó las amarras y se hizo a la mar.

CAPITULO XI

Antes del alba nos encontrábamos ya en el Gran Minch.

Aquel barco era muy viejo y el capitán, irlandés y persona muy honrada, era, sin embargo, poco competente. El viento soplaba con demasiada fuerza y la mar se había enfurecido. Durante todo el día nos fue imposible comer o beber, de modo que aun siendo muy temprano tuvimos que irnos a la cama. Por la noche, el viento varió de improviso al nordeste, convirtiéndose en un fuerte huracán. El ruido de la borrasca y el que producían los marineros, nos despertó de nuestro sueño. Por un instante creí llegada nuestra última hora y mi temor aumentó considerablemente al ver que Balantry se burlaba de mi devoción. Durante tres días permanecimos en el camarote sin otro alimento que unas galletas secas. Al cuarto día cesó el viento, pero el barco había quedado desarbolado y a merced del oleaje. El capitán ignoraba completamente dónde podríamos ser arrojados, lo que de todas maneras dudo que hubiera sido un gran consuelo para nosotros. Aquel hombre no tenía apenas noción de su oficio y nuestra esperanza consistía en la aparición de otro barco que nos recogiera; aunque si ese barco resultaba ser inglés, nada bueno resultaría para nosotros de tal salvamento.

Los días quinto y sexto fuimos juguete de las olas sin poder hacer nada para evitarlo. Por fin, el séptimo día se pudieron izar las velas, aunque, debido a la pesadez del buque, apenas si conseguimos evitar el seguir yendo a la deriva. Durante la borrasca y después de ésta, no habíamos dejado de ser arrastrados con fuerza hacia el sudoeste. Al noveno día aparecieron el frío y otros síntomas de mal tiempo, y en tan desesperada situación experimentamos el júbilo de descubrir en el horizonte la figura de un barco que se dirigía en línea recta hacia el Santa María.

Pero nuestra alegría fue muy corta, pues así que estuvo lo suficientemente cerca para arriar una lancha, vimos que en ella venía un grupo de gentes que gritaban desaforadamente y que después irrumpían desordenadamente, sable en mano, en la cubierta de nuestro buque. El jefe de aquella gente era un bravucón de rostro ennegrecido y ensortijadas patillas. Se llamaba Teach y era un famoso pirata. En su aspecto había un no sé qué de criatura relajada y de individuo alocado que me sorprendió. Le dije a Balantry al oído que yo no sería el último en alistarme en su tripulación, a lo que él asintió con un movimiento de cabeza.

Balantry y yo, con otros dos marineros, fuimos admitidos en la tripulación pirata, pero el capitán y los demás fueron arrojados al agua. Mi corazón desfalleció y uno de los piratas hizo notar a los demás mi extraordinaria palidez. Sin embargo, aún tuve fuerzas para bailar unos pasos de giga y lanzar algunas groserías, que, por el momento, consiguieron salvarme. Afortunadamente, en el barco pirata había un violín y en cuanto lo vi me lancé sobre él, de modo que, gracias a mi calidad de músico, tuve la suerte de ganarme sus favores. A eso se debe que aquellos hombres me pusieran el apodo de "Pat, el violinista", pero a mí me importaba muy poco el nombre, con tal de ver a salvo mi estimado pellejo.

No creo que sepa explicar acertadamente la algarabía que reinaba a bordo. Parecía un manicomio flotante mandado por un loco. Aquellas gentes no tenían un momento de reposo. Continuamente estaban cantando, bebiendo, disputando, rugiendo o bailando. En ciertos momentos, de sobrevenir un soplo de aire en sentido contrario, es casi seguro que nos hubiéramos ido a pique, y si un buque del rey llega a tropezarse con nosotros nos habría hallado indefensos. Algunas veces descubríamos un barco de vela del que nos apoderábamos — ¡Dios nos lo perdone!—, en el caso de que no fuéramos demasiado bebidos, pues en ese caso conseguía escapar, por lo que yo, en voz baja, daba gracias al Cielo. En medio de todo aquel desorden, Teach se imponía únicamente gracias al terror que inspiraba y eso, por lo visto, no hacía sino complacer su orgullo.

Transcurrió bastante tiempo antes de que pudiera hablar a solas con Balantry, pero una noche pudimos deslizamos hasta el bauprés y, mientras los demás se entregaban a la bebida, nosotros nos lamentábamos de nuestra suerte.

—Únicamente el Cielo puede salvarnos — dije, desolado.

—No pienso del mismo modo —replicó Balantry—. Me salvaré a mí mismo. Ese Teach es una nulidad que nos expone continuamente a ser capturados y puedo aseguraros que no siento el menor deseo de convertirme en un pirata empedernido, ni mucho menos en dejarme prender.

—¿Qué pensáis hacer?

—Impedir que esto continúe.

Y entonces me expuso el plan que habla concebido para mejorar la disciplina del barco, con lo que obtendríamos seguridad en el presente y la esperanza de una próxima liberación en cuanto consiguiera deshacerse de aquella asociación. Ingenuamente le confesé:

—En este ambiente horrible, mis nervios están destrozados y en esta excitación apenas si respondo de mí mismo.

—Pues yo no me dejo asustar tan fácilmente —repuso.

CAPITULO XII

Algunos días más tarde sobrevino un incidente que nos pudo costar la vida y que demuestra cuál era la locura del hombre que mandaba aquel barco.

Como de costumbre, la tripulación estaba completamente embriagada. De pronto, uno de les piratas divisó una vela. Teach, sin más ni más, ordenó lo necesario para darle caza y al punto empezaron los preparativos para el abordaje. Observé que Balantry permanecía tranquilo en la serviola, observando al otro buque, con la mano sobre los ojos a modo de pantalla. En cuanto a mí, fiel al plan que nos habíamos fijado, trabajaba con ardor mezclado entre los más activos, a los que procuraba divertir con chanzas irlandesas.

—¡Izad el pabellón! —grito entonces Teach—. ¡Que esos corderitos vean nuestra bandera negra!

Aquella era una fanfarronada que en tales momentos podía hacernos perder una presa importante, pero pensé que no era yo el llamado a discutir la orden, así que icé el pabellón pirata. Entonces, Balantry se encaminó a popa sonriendo tranquilamente.

—¿Os agradaría saber, perro borracho —dijo a Teach—, que es un buque de guerra al que pretendéis apresar?

—¡Mentira! —rugió Teach, furioso.

Pero tanto él como los demás piratas se precipitaron al puente.

Jamás he visto a tantos borrachos desprenderse tan rápidamente de su borrachera, pues el crucero, al observar nuestra maniobra, viró en redondo, hinchando sus velas y lanzándose a nuestro encuentro con la enseña bien visible. Mientras mirábamos se produjo una humareda. Se oyó una detonación y luego una bala se hundió en las olas a gran distancia de nosotros. Algunos corrieron a las jarcias y nuestro barco se alejó a velocidad increíble. Un marinero se apoderó del barril de ron, que estaba encima del puente y lo arrojó por la borda. Entretanto, yo me ocupé de la bandera que arrié, arrojándola después al mar. Teach se puso más pálido que un muerto y al punto descendió a su camarote. Únicamente dos veces en toda la tarde volvió a subir a cubierta y se quedó apoyado unos instantes en el tablero de popa con los ojos fijos en el buque real, que nos perseguía encarnizadamente. Luego, sin decir palabra, regresó a su camarote. Prácticamente nos había abandonado a nuestra suerte y de no ser por un marinero muy competente y por la oportuna brisa que soplaba aquel día, estoy seguro de que nos habrían colgado a todos del palo mayor. Teach debía sentirse profundamente humillado y tal vez preocupado por la pérdida de su prestigio a los ojos de la tripulación. Para ganar lo perdido utilizó un procedimiento muy en consonancia con su carácter.

CAPITULO XIII

Al día siguiente, muy de mañana, empezó a salir de su camarote un olor de azufre quemado y se le oyó gritar: "¡Infierno! ¡Infierno!", exclamación que, aunque conocida por los tripulantes, les atemorizó a todos. Después apareció en el puente como un perfecto farsante, tiznado el rostro, rizados los cabellos y las patillas y el cinto atiborrado de pistolas. Masticaba pedazos de vidrio y tenía el mentón cubierto de sangre, al par que esgrimía su espada. Ignoro si había aprendido esa práctica de los indios de América, de donde era oriundo, pero lo cierto es que aquella pantomima era siempre el preludio de actos espantosos. De pronto, vio en su camino al sujeto que arrojara el ron por la borda.

—¡Rebelde! —gritó—. ¡Eres un traidor!

Y antes de que el otro pudiera hacer nada para evitarlo, le atravesó el corazón con su espada. Luego, saltando sobre el cadáver, entre rugidos y blasfemias nos desafió a que nos acercáramos.

Aquel espectáculo era grotesco, pero sobre todo espantoso, pues no cabía duda de que aquel miserable se disponía a cometer un nuevo asesinato. Todos le mirábamos atemorizados y en silencio.

De pronto avanzó Balantry.

—¡Basta ya de farsas! —gritó—. ¿Creéis asustarnos con esas estupideces? Ayer cuando hacíais falta estuvisteis escondido; pero nos hemos pasado perfectamente sin vuestra preciosa ayuda.

Entre la marinería se oyó un murmullo, mezcla de satisfacción y de miedo. El propio Teach lanzó un rugido y blandió el puñal para arrojarlo contra Balantry que se atrevía a desafiarlo ante todos, pero este joven audaz ni siquiera pestañeó, y en cambio, volviéndose a los marineros ordenó:

—¡Quitadle eso!

Su energía y decisión impresionaron a todos, inclusive a Teach, que se quedó boquiabierto y ni siquiera recordó las pistolas que llevaba en el cinto. Balantry se le encaró entonces, diciendo:

—Bajad a vuestro camarote y presentaos únicamente en el puente cuando hayáis recobrado la sangre fría. ¿Os imagináis que íbamos a dejarnos ahorcar por vuestra culpa, imbécil, borracho, bufón, carnicero loco?... ¡¡Bajad!!

Y Balantry dio una patada con ímpetu tan amenazador al pronunciar la última palabra que Teach se escurrió por la escotilla sin rechistar.

CAPITULO XIV

Entonces, Balantry se dirigió a la tripulación pirata.

—Ahora, camaradas, escuchad unas palabras. No sé si estáis aquí simplemente por gusto. Por mí, puedo deciros que no es así. Yo quiero dinero para volver a tierra y gastarlo como un hombre. Y estoy resuelto a no dejarme ahorcar mientras pueda evitarlo.

"Pues bien, como soy principiante en estos menesteres voy a pediros un consejo. ¿Hay medio de introducir algo de disciplina y sentido común en una embarcación de esta clase?... Si es así decidlo y nos beneficiaremos todos, obteniendo buenas presas y salvando nuestros pellejos, lo que ese condenado Teach ha estado a punto de hacernos perder.

Uno de los tripulantes se adelantó y dijo:

—Con arreglo a la costumbre, podríamos tener un segundo de a bordo que podrías ser tú mismo, si quieres continuar teniendo a Teach como capitán.

Aquella proposición fue aceptada por la mayoría y el ron empezó a correr libremente mientras se dictaban algunas leyes, con arreglo a las de un pirata llamado Roberts. Después, empezaron a hablar de destituir a Teach, pero a ello se opuso Balantry, temiendo que un capitán más competente discutiese su autoridad, diciendo a los marineros:

—Teach es el más indicado para abordar los navíos y asustar a los necios. Su rostro tiznado y sus bestialidades son las más a propósito para servirnos en estos casos. Además, prácticamente podemos considerarlo como destituido y disminuir su parte en el botín.

Esto último fue lo que más convenció a la tripulación. Sin embargo, Balantry debía enfrentarse con el capitán pirata y obligarle a que aceptara aquella decisión. No se amilanó ante ello y descendió por la escotilla para hablar a solas con el salvaje borracho que dormitaba en su camarote.

—¡Este es nuestro hombre! —vociferó entonces uno de los piratas.

—¡Lancemos tres hurras a nuestro segundo de a bordo! — gritó otro.

Inmediatamente, y por unanimidad, fueron lanzados los tres hurras. Puedo asegurar que mi voz no fue la menos fuerte, y creo que aquellas aclamaciones no dejaron de producir su efecto en Teach.

Lo que sucedió entre Balantry y Teach nunca se supo, pero nuestro contento y asombro corrieron parejas al verles aparecer en el puente cogidos del brazo y oír a Teach que nos decía:

—Acepto vuestra decisión. Balantry será mi segundo.

La tripulación le aclamó estruendosamente y con ello se dio por terminado el incidente.

CAPITULO XV

Paso por alto aquellos quince meses durante los cuales seguimos navegando por el Mar del Norte, viviendo a costa de los buques capturados que nos proporcionaban agua y víveres, y además nos producían pingües negocios. Las cosas salían a medida de nuestros deseos y en lo sucesivo, Balantry se ciñó completamente a la línea de conducta que se había trazado. Me agradaba pensar que un noble caballero debe ocupar siempre el primer puesto, incluso a bordo de un barco pirata. Y aunque yo soy de tan buena cuna como cualquier lord escocés, confieso, sin sentir vergüenza, que mientras duró aquello continué siendo "Pat, el violinista", lo que para aquellos bergantes no tenía más importancia que la de hacerles reír.

Mi salud se resentía por varios motivos, pues yo he sido hombre que me he sentido mucho más a gusto a lomos de un caballo, que en pie a bordo de un buque. Francamente, aparte del temor a mis compañeros, el miedo al mar afligía constantemente mi espíritu. No creo necesario hacer presente cuál ha sido siempre mi valor, pues lo he demostrado infinidad de veces en los campos de batalla y mis ascensos los he conquistado frente al enemigo. Sin embargo, cuando debíamos proceder al abordaje, la verdad es que me temblaban las piernas. El cascarón de nuez en que debíamos embarcarnos, para atacar aquellas moles de madera, el balanceo horrible de las olas, la idea de tropezar con una guarnición decidida a defenderse hasta morir, el cielo tempestuoso que mostraba de continuo su sombría amenaza y hasta el rugir del viento, eran cosas todas ellas que hacían desfalleciera mi valor.

Las dificultades para Balantry aumentaron al tratar de imponer la disciplina a bordo, pues aquellos hombres eran descontentadizos por naturaleza y cualquier cosa que les pareciera un freno les resultaba hurto enojosa. Esto, aparte de que al no estar mucho tiempo embriagados, algunos de ellos empezaron a pensar, e incluso hubo varios que llegaron a arrepentirse de sus abominables crímenes. Pero el resto de la tripulación se dedicó entonces a un nuevo placer: el de los cálculos. Y pasaban la mayor parte del tiempo considerando lo que les había tocado en suerte, valorándolo y mostrándose siempre descontentos por el resultado obtenido. Creo haber dicho que nuestros asuntos iban bien, pero esto merece una aclaración, pues realmente no conozco todavía ninguna empresa que haya dado los frutos que de ella se esperaban. Sin duda alguna, tropezamos con muchos buques que iban cargados de mercancías, pero éstas a nosotros no nos servían de nada. En cambio, fueron muy pocos los que llevaban dinero.

CAPITULO XVI

Mientras tanto, nuestro buque empezó a hacer agua, por lo que se consideró llegado el tiempo de dirigirnos a nuestro dique, situado en la desembocadura de un río rodeado de terrenos pantanosos.

Se había convenido que en tal caso nos separaríamos, llevándonos cada uno nuestra parte de botín, por lo que hasta entonces los hombres procuraron ir retrasando dicho momento. He aquí ahora el incidente que nos obligó a tomar tal resolución.

Acabábamos de descubrir muy cerca de nosotros, entre la bruma, un barco con las velas desplegadas. Preparamos nuestro cañón para largarle una andanada. Como la mar estaba muy agitada y el balanceo era bastante considerable, no es de extrañar que la primera descarga no diera en el blanco. Tampoco tuvieran mejor puntería los artilleros las dos veces siguientes. Luego, mientras nos disponíamos a disparar por cuarta vez, en el otro habían preparado un cañón de popa que, debido a la densa bruma, no pudimos distinguir. Como disponían de mejores artilleros que nosotros, su primera bala alcanzó nuestra proa haciendo desaparecer a los dos encargados del cañón y hundiendo el castillete donde nos encontrábamos. Balantry quería que nos pusiéramos al pairo, pero con intuitiva rapidez captó los anhelos de los piratas, desmoralizados por aquel revés. Como el otro buque se alejaba de nosotros y nuestras averías eran demasiadas para seguir navegando, viramos tomando el rumbo del río.

Con gran sorpresa vi que la alegría se apoderaba de la tripulación y que todos sus componentes bailaban y cantaban como locos, esperando el resultado del reparto, satisfechos al pensar que sus partes se acrecentarían al añadirse lo correspondiente a los dos artilleros muertos.

Tardamos nueve días en llegar a nuestro dique, y al doblar el cabo, a pesar de la bruma vimos cerca de nosotros a un crucero. La cosa, hallándonos cerca de nuestra base, era sumamente desagradable. Se discutió mucho sobre si los del crucero habrían reconocido al Sara, pues ese era el nombre oficial de nuestro barco, cuya catadura no era fácil de olvidar. Y sobre todo en los últimos tiempos, al estar averiado y haber perseguido sin éxito algunos buques, había sido tarea fácil fijarse en sus características, que con toda seguridad debían haber sido publicadas. Esto debió incitarnos a alejarnos de allí a todo trapo, pero en esta ocasión, Balantry me reservó una sorpresa.

Teach y él — y esta considero que fue su maniobra más ingeniosa— marcharon al unísono desde el primer día de su elección y en aquella ocasión también estuvieron de acuerdo. Siguiendo sus instrucciones, apenas echada el ancla, la tripulación se entregó a los excesos de una indescriptible orgía. Por la tarde parecíamos ya una caterva de locos, cantando, disputando y abrazándonos poco después. En un momento determinado, Balantry tropezó conmigo fingiendo que se caía, y riendo como un borracho me dijo en voz baja:

—Vete al camarote y haz como que duermes en una litera. No tardaré en necesitarte. Y no te olvides de fingirte borracho como una cuba.

Antes de que pudiera preguntarle qué se proponía, se alejó de mi lado dando traspiés. Le miré sorprendido, pero luego, comprendiendo que algo se estaba preparando me apresuré a obedecerle y me encaminé al camarote que estaba completamente a oscuras. Me dejé caer sobre la primera litera que encontré, pero allí había alguien, y por la energía con que me rechazó, pude darme cuenta de que no estaba muy borracho. Sin embargo, cuando tropecé con otro lugar y me acosté, pareció quedar dormido. Unos instantes más tarde apareció Balantry, encendió la lámpara, miró en torno suyo y sonrió satisfecho. Luego, sin decir palabra, regresó al puente. Con mucha cautela y mirando de soslayo observé que éramos tres los que dormíamos o fingíamos dormir en las literas: yo, un tal Dutton, y Grady, dos hombres resueltos. Mientras tanto, los demás se encontraban en un estado de embriaguez verdaderamente inhumano a juzgar por los sonidos que llegaban hasta nosotros.

CAPITULO XVII

Con frecuencia he percibido gritos de borrachos, pero nunca parecidos a aquellos, por lo que deduje que se había echado algo a la bebida. Pasó mucho tiempo antes de que aquellos gritos y rugidos se convirtieran en gemidos, para degenerar en un silencio opresor. El tiempo me iba pareciendo largo en esa espera, cuando reapareció Balantry con Teach a la zaga. Al vernos en las literas, Teach comenzó a jurar.

—Ya podéis disparar un pistoletazo en sus oídos. De sobras sabéis lo que han trasegado — dijo Balantry, señalándonos.

En la plancha del camarote había una escotilla en la que se encerraba la parte más preciosa del botín hasta que llegara el día del reparto. Tenía tres candados, cuyas llaves, para mayor seguridad, estaban una en manos de Teach, otra en las de Balantry y la tercera en las del teniente, un tal Hamond. Sin embargo, quedé sorprendido al ver que las tres estaban en una sola mano, y más sorprendido aún cuando Teach y Balantry sacaron cuatro bultos, cuidadosamente atados.

—Ya podemos irnos —dijo Teach.

—Un momento —replicó Balantry—. He descubierto a un hombre que conoce otro paso oculto a través del pantano, y es más corto que el que conocéis vos mismo.

—Entonces estamos perdidos —dijo Teach.

—No lo creo así.

—¿Por qué?

Balantry no hizo caso de aquella pregunta y siguió diciendo:

—Además, hay otras cosas que debo comunicaros. En primer lugar nuestras pistolas no tienen balas, pues si lo recordáis he sido yo el encargado de cargarlas. En segundo término, como hay otro que conoce un camino para huir no voy a cargar con un chiflado como vos. Finalmente, estos tres caballeros que fingen estar durmiendo son adictos a mi persona y van a ataros al mástil y a amordazaros, y cuando vuestros hombres se despierten, si es que alguna vez lo consiguen después de las drogas que pusimos en el ron, estoy seguro de que os desatarán, aunque supongo que será para preguntaros dónde ha ido a parar el botín.

Mientras nosotros nos poníamos en pie abandonando todo fingimiento, Balantry añadió mordaz:

—Confío en que podréis explicarles a satisfacción el asunto de las llaves, ¿verdad, querido capitán Teach?

El capitán pirata se dejó amordazar y agarrotar sin pronunciar ni una sola palabra, mirándonos igual que pudiera hacerlo un pobre muchacho asustado por la presencia de unos bandidos.

—Ahora comprenderéis, grandísimo idiota —añadió Balantry, burlón—, por qué hicimos cuatro bultos.

CAPITULO XVIII

Nada teníamos que hacer a bordo del Sara. Los cuatro descendimos en silencio a una canoa, llevando consigo nuestros correspondientes bultos y nos alejamos del buque, que quedó atrás, mudo como una tumba, a excepción de algún que otro quejido de borracho. La bruma estaba muy baja y Dutton, que era el encargado de mostrarnos el camino, se veía obligado a estar en pie para dirigir la embarcación, lo que nos obligaba a remar suavemente. Eso fue lo que nos salvó. Todavía estábamos cerca del barco cuando despuntó la aurora. De pronto, Dutton se arrodilló diciéndonos en voz baja:

—Guardad silencio y escuchad atentamente.

Así lo hicimos y pudimos oír de manera inconfundible, cerca de nosotros, el ligerísimo batir de remos. Era indudable que el día antes nos habían visto desde el crucero, pues aquellas eran sus lanchas que se disponían a asaltar el barco pirata. Entretanto, nosotros nos veíamos entre ambas embarcaciones sin ninguna posibilidad de defensa. Mientras permanecíamos inclinados sobre los remos, pidiendo a Dios que continuara aquella bruma, el sudor perlaba mi frente. Entonces oímos el deslizarse de una lancha muy cerca de nosotros. "Con suavidad, muchacho", oí cómo decía un oficial en voz baja. Afortunadamente para nosotros se alejaron con dirección al Sara.

—No nos preocupemos del camino —dijo Balantry—. Ante todo, hemos de procurarnos un lugar seguro; boguemos hacia la orilla.

Le obedecimos con precaución, bogando casi tendidos, pasando entre la bruma que era nuestra única protección. Al llegar a la orilla desembarcamos cerca de unos matorrales, poniendo a salvo nuestro tesoros. Como la bruma empezaba a disiparse y no podíamos ocultar la canoa en ningún sitio cercano, la echamos a pique. Apenas nos vimos a cubierto, surgió el sol, y al mismo tiempo, de en medio de la dársena se elevó un clamoroso ruido, por el que comprendimos que el Sara acababa de ser asaltado. Di gracias al Cielo por nuestra evasión, pero pronto pude percatarme de que habíamos caído en nuevos y posiblemente mayores peligros. En nuestra forzosa marcha por aquellos lugares llegamos a un cenagal extenso y peligroso, por lo que la empresa de descubrir el camino estaba llena de dificultades. Uno de nosotros se encaminó a la orilla y, escondido entre los matorrales, vio que la bruma se había disipado completamente y que el pabellón inglés había sido izado en el Sara.

Nuestra situación era inquietante. En nuestra ansia de reunir riquezas no nos habíamos preocupado de los víveres, y, por otra parte, era preciso abandonar aquel paraje antes de que la noticia de la captura del barco pirata fuera conocida. Frente a estas consideraciones se levantaban los peligros de la travesía. No es extraño que nos decidiéramos por la acción. Cuando emprendimos el camino, el calor era excesivo. Dutton tomó la brújula a su cargo, y uno de nosotros tres se encargó de llevar su parte del tesoro. Puedo aseguraros que no nos perdía de vista, pues nos había confiado algo que apreciaba tanto como su alma. El terreno era peligroso; con frecuencia nos hundíamos de forma temible viéndonos obligados a dar un rodeo; por otra parte el calor era insoportable, la atmósfera excesivamente pesada y los insectos eran tan abundantes que parecía como si camináramos bajo una nube de ellos.

CAPITULO XIX

He podido observar que las personas de noble cuna soportan las penalidades mucho mejor que los de clase humilde; en aquella ocasión se cumplió esto una vez más, pues nosotros éramos dos hidalgos y Grady un marinero vulgar, aunque casi de contextura gigantesca. Dutton queda aparte de esto, pues se portó tan bien como nosotros.

Grady no tardó en lamentarse; se quedaba atrás y cuando le tocaba el turno de cargar con el tesoro de su compañero se negaba a ello. Continuamente pedía ron, del que ya nos quedaba poquísimo y llegó a amenazarnos con la pistola si no le concedíamos algún reposo. Balantry se hubiera opuesto de buena gana, pero yo le disuadí e hicimos alto para tomar un trago, que apenas si renovó los ánimos de Grady, pues en cuanto volvimos a reemprender la marcha siguió retrasándose, gruñendo y murmurando contra su suerte. Finalmente, y como no siguiera con exactitud nuestros pasos, tropezó en un lugar del cenagal donde el lodo era muy profundo, lanzando una serie de gritos espantosos, pero antes de que pudiéramos intentar sacarle de allí, desapareció tragado con su carga.

Su fin nos apenó, pero ello contribuyó a salvarnos, ya que después de ello, a Dutton se le ocurrió subirse a un árbol, desde donde vislumbró un bosquecillo que indicaba un sendero practicable en aquel terreno pantanoso. En seguida se encaminó a él, aunque lo hizo con poca habilidad, pues de pronto le vimos hundirse levemente y sacar los pies para hundirse nuevamente, y así hasta dos veces. Entonces se volvió hacia nosotros con el rostro demudado.

—Alargadme una mano —gritó, impaciente—. ¡Me he metido en un atolladero!

Balantry se le acercó. Luego, volviendo la cara hacia mí me dijo:

—No os acerquéis hasta que os llame.

Dutton permanecía quieto, sin apenas moverse, aterrorizado. El pánico que se reflejaba en su rostro me apenó profundamente.

—¡Por Dios! ¡Apresuraos! —gimió.

Balantry se hallaba ya casi junto a él.

—No os mováis —le dijo. Luego añadió—. Alargadme vuestras manos.

Dutton se desprendió de su pistola, que fue absorbida por el lodo, desapareciendo inmediatamente. Lanzando una blasfemia, trató de recogerla, pero se hundió todavía más, sus manos se agitaron por encima de la cabeza y un segundo después cayó de cara sobre el lodo desapareciendo en él poco después.

A Balantry le llegaba ya el lodo por encima del tobillo, pero pudo desprenderse y volvió junto a mí, sonriendo, al ver cómo me temblaban las rodillas.

—¡Que el huracán os lleve, Francis! —dijo, fijándose también en mi rostro demudado—. Empiezo a pensar que sois un pusilánime.

—Ha sido una escena terrible.

—¡Bah! —replicó despectivo—. En el fondo, es la justicia contra un pirata. Ahora ya estamos completamente libres del Sara. ¿Quién puede acusarnos de haber sido cómplices en sus piraterías? ¡Nadie!

Quise decirle que me insultaba, pero estaba tan conmovido por lo que acababa de verle hacer, que no tuve valor para contestarle.

—Vamos —dijo—, procurad ser más animoso. Desde que nos enseñó el camino, no le necesitábamos para nada y no me negaréis que hubiera sido una estupidez desaprovechar semejante oportunidad.

Tuve que reconocer que estaba en lo cierto, pero hasta que no tomé un trago de ron no pude recobrar las fuerzas y continuar el camino. Lo repito: estoy muy lejos de sentir vergüenza por mi emoción, pues la compasión honra al guerrero.

CAPITULO XX

Sin embargo, no puedo censurar a Balantry, cuya serenidad fue realmente afortunada. Sin más tropiezo descubrimos el camino, y aquella misma tarde, antes de que se pusiera el sol, dejamos atrás el cenagal.

Estábamos demasiado cansados para continuar la marcha aquel mismo día, por lo que decidimos tendernos sobre la arena, bajo un pino, donde en seguida nos quedamos dormidos. Despertamos muy de mañana y empezamos una conversación, que estuvo a punto de acabar en riña violenta.

Nos hallábamos en la costa de las provincias del Sur, a mil millas de cualquier poblado francés; nos aguardaban innumerables peligros y nuestra amistad, de ser necesaria alguna vez, lo era en aquel trance. Por lo que imagino, Balantry había perdido hasta la noción de la cortesía, cosa lógica después de convivir con aquellos piratas. Me trató con tanta aspereza, que cualquier hombre de honor, de haber estado en mi caso, se hubiera ofendido. Le reproché sus modales y siguió caminando, mientras me decía:

—Francis, ya sabéis lo que hemos convenido; sin embargo, ningún juramento tendría poder suficiente para que soportara vuestros reproches, si no os tuviera verdadera simpatía.

—No lo pongo en duda.

—Ni debéis hacerlo, pues os he dado una prueba palpable de ello. Dutton tenía que acompañarme porque conocía el camino, y Grady, porque Dutton no quería marchar sin él. En cuanto a vos, ¿para qué os necesitaba? Con vuestra maldita lengua irlandesa, sois un constante peligro para mí. A estas horas debíais estar en el crucero, encadenado. ¡Y me lo agradecéis echándome en cara mi conducta!

Estas palabras fueron pronunciadas en tono desabrido, pero no me intimidé, y le repliqué sin circunloquios. La cosa hubiera podido llegar más lejos a no ser por un aviso inquietante. Habíamos avanzado un poco por el arenal. El paraje donde nos quedamos dormidos, con los bultos deshechos y el dinero desparramado alrededor, se hallaba entre nosotros y el pinar; sin duda, fue de éste del que saltó el desconocido. Fuera como fuera, ante nosotros había un muchacho del país, recio y grandote, que, con una enorme hacha al hombro, contemplaba boquiabierto ya el tesoro, justamente a sus pies, ya el inminente combate, pues acabábamos de desnudar las espadas. Apenas fijamos en él nuestras miradas, cuando salió corriendo velozmente y desapareció en el pinar. Aquella aparición era poco tranquilizadora. Dos hombres armados, vestidos de marino, a quienes encuentra peleando junto a un tesoro, no lejos del lugar donde se acaba de apresar un barco pirata, eran cosas más que suficientes para dar la alarma en la comarca. Dimos por terminada nuestra riña, rehicimos nuestros bultos y pusimos pies en polvorosa. Pero, como no conocíamos el camino, a cada momento teníamos que volver sobre nuestros pasos. Balantry había conseguido de Dutton todos los informes posibles, pero viajar por referencias es harto difícil por no decir imposible. Al llegar a lo alto de una duna vimos interceptado nuestro camino por otra ramificación de la bahía. Sin embargo, esta ensenada era muy distinta a las que hasta entonces nos habían detenido. Allí estaba anclado uno de esos barcos que se construyen en las Bermudas, y su tripulación estaba en tierra comiendo en torno de una fogata.

Después de recobrar el aliento y de procurar que nuestro aspecto fuera más presentable, afectando un desembarazo que estábamos lejos de sentir, nos encaminamos hacia las gentes sentadas en torno de la lumbre.

CAPITULO XXI

Se trataba de un traficante del puerto de Albany, en la provincia de Nueva York, que volvía de las Indias con un cargamento y que se había refugiado allí por miedo al Sara. Esto último nos sorprendió, pues no podíamos imaginar que nuestras hazañas fuesen tan conocidas. En cuanto el mercader supo que el Sara había sido apresado la víspera, se levantó de un brinco, nos dio un vaso de ron por la buena noticia y ordenó a su gente que desplegara las velas. Nos aprovechamos de aquel convite para charlar un poco y ofrecernos como pasajeros. El traficante examinó nuestros vestidos manchados de alquitrán y nuestras pistolas y dijo:

—Lo lamento mucho, pero apenas si hay sitio para mí en el barco.

Ni con súplicas, ni ofreciéndole dinero, parecía posible quebrantar su resolución. Balantry dijo entonces:

—Veo que no tenéis confianza en nosotros, pero voy a demostraros la nuestra diciéndoos la verdad. Somos jacobitas fugitivos y tenemos nuestras cabezas a precio.

Esto último impresionó un poco al tratante, que nos hizo algunas preguntas sobre la guerra de Escocia, a las que contestó cortés y prolijamente mi amigo Balantry. Después, el traficante lanzó un gruñido diciendo en tono vulgar:

—Me parece que vosotros y vuestro príncipe Carlos tenéis más de lo que queríais.

—¡Diantre! —repliqué yo—. Eso que decís está muy puesto en razón, pero nos gustaría que vos nos dierais lo que nos falta.

El acento irlandés acostumbra a ser considerado muy grato y no deja de producir su efecto entre las personas honradas, tan cierto es eso que, al ver cómo se reía el mercader, no pude por menos de sentirme tranquilo. Todavía impuso algunas condiciones como la de que dejáramos las armas antes de subir a bordo, pero puede decirse que aquella fue ya la señal de marcha, pues instantes después enfilábamos la bahía empujados por un buen airecillo, dando gracias al Todopoderoso por nuestra liberación. Casi a la entrada del estuario, pasamos delante del crucero y del Sara con su tripulación apresada, cosa esta última que hubiera sido capaz de hacernos temblar de no sabernos en seguridad.

Durante el viaje hacia Nueva York, nos pusimos de acuerdo con el comerciante para que nos condujera en su barco hasta Albany y allí nos pusiera en camino hacia las colonias francesas. Por todo eso tuvimos que pagar bastante; pero no puede dictar condiciones el que vive fuera de la ley y no tiene la conciencia tranquila. Remontamos las márgenes del Hudson, que me pareció un río muy hermoso, y descendimos hasta Albany.

CAPITULO XXII

La ciudad aparecía rebosante de milicias provincianas, que sólo abrigaban ideas de destrucción contra los franceses. Los indios de ambos partidos se hallaban en guerra y vimos como desfilaban por allí tropas que conducían prisioneros. Aquel no era, pues, un espectáculo sumamente alentador, lo que nos hizo pensar que no habíamos podido llegar en época menos propicia para la realización de nuestros deseos. Después de algunos días de angustiosa espera, se arreglaron nuestras cosas. En el curso de nuestras juergas, en las que tratábamos de ahogar todos los sinsabores que hablamos sufrido, trabamos amistad con un joven de rara inteligencia, llamado Chew. Era uno de los más audaces traficantes indios y estaba muy familiarizado con las rutas del desierto. Le convencimos para que nos ayudara y preparó cuanto nos era necesario para escapar de Albany. Huimos de allí sin siquiera despedirnos de nuestro amigo, el comerciante albano, embarcando un poco más lejos de su barco en una canoa.

Avanzamos por aquellos bárbaros paisajes, fatigándonos durante el día, remando unas veces y llevando por tierra la canoa a cuestas otras veces. Al llegar la noche dormíamos junto al fuego, entre los aullidos de los lobos y otros feroces animales. Nuestro plan consistía en ascender por el Hudson hasta las cercanías de Crown Point, donde los franceses poseen un fuerte en el lago Champlain. Pero el camino en línea recta era muy peligroso, por lo que atravesamos un verdadero laberinto de ríos y lagos. En tiempo normal esos caminos están desiertos, pero entonces el país estaba en guerra y los bosques se hallaban repletos de exploradores y de tribus indias. En varias ocasiones nos dimos de cara con ellos, pero como Chew era muy conocido y apreciado por todas las tribus, pudimos seguir adelante.

Cuando llegamos al punto más crítico de nuestra ruta, es decir, cuando lo mismo podíamos caer en manos de los ingleses como de los franceses, nuestro guía, Chew, cayó enfermo, muriendo poco después. Aquel hombre nos había proporcionado datos suficientes para continuar sin su ayuda, pero una cosa era decirlo y otra muy distinta hacerlo. Sufrimos una serie de percances, aunque afortunadamente no tropezamos con ningún indio, lo que sin duda nos hubiera resultado fatal. Sin embargo, la canoa se nos desfondó y tuvimos que abandonarla, así como la mayor parte de nuestro equipaje e incluso las espadas.

Los trabajos de Hércules resultan una bagatela comparados con los que tuvimos que soportar. Teníamos que abrirnos caminos por la selva, igual que los gusanos lo hacen en el queso; además, el terreno era cenagoso en extremo y los árboles estaban podridos. En cierta ocasión salté sobre un tronco y me hundí en él como si fuera un montón de estopa.

Tropezando, cayendo, hundiéndonos en los fangales hasta las rodillas, abriéndonos camino con el hacha, medio cegados por las ramas, caminamos fatigosamente, y lo peor era que no teníamos indicio alguno de dónde estábamos, del camino que seguíamos, ni del que debíamos seguir.

CAPITULO XXIII

Un atardecer, Balantry arrojó su carga al suelo, diciendo:

—¡No quiero seguir adelante!

—Por favor —le pedí—. Olvidaos que habéis sido un pirata y volved a comportaros como un caballero.

—¿Estáis loco? —me gritó—. No me llevéis la contraria o tendréis que arrepentiros de haberlo hecho.

Luego, amenazando con el puño cerrado a las montañas, añadió:

—Cuando pienso que voy a dejar mis huesos en este desierto miserable... ¡Ah! ¡Hubiera preferido morir como un buen hidalgo en la horca!

Esta última frase la declamó igual que un cómico, después de lo cual se sentó en el suelo, mordiéndose los puños, clavados los ojos en tierra, igual que pudiera hacerlo una fiera o un salvaje.

No me atreví a decirle que un noble y soldado debía hacer frente a la desgracia con mayor valor, y, como la noche se acercaba, me dispuse a encender el fuego. En un lugar descubierto como lo era aquel y en una tierra infestada de salvajes, hacer tal cosa era una verdadera locura, pero, no obstante, peor sería morirse de frío. Balantry ni siquiera me miraba. Únicamente, cuando las llamas chisporroteaban en la hoguera, levantó los ojos del suelo y me preguntó:

—¿Tenéis algún hermano?

—Cinco, gracias al Cielo.

—Yo no tengo más que uno, pero estad seguro que me pagará cuanto ahora estoy sufriendo —susurró con voz apagada pero llena de cólera.

—¿Qué culpa tiene vuestro hermano de nuestras desdichas?

—¡Mucha! —rugió—. Ha ocupado mi puesto en el castillo de Durrisdeer, corteja a mi prometida y ostenta mi título.

Después, con hondo rencor, añadió:

—Y ahora yo estoy aquí desposeído de todo y acompañado de un maldito irlandés, en lo más hondo de este asqueroso desierto. ¡Oh! ¡Soy un vulgar fantoche y nada más!

Aquellos ex abruptos eran tan opuestos al carácter de mi amigo que la estupefacción acalló el justo resentimiento, pero debo poner de relieve algo extraño. Anteriormente, sólo una vez hizo alusión a su prometida. Nos hallábamos ante Nueva York y, con voz soñadora, me dijo:

—En caso de disfrutar de mis derechos, en este instante estaría ante mis propiedades, pues la señorita Graeme posee en estos contornos bienes muy considerables.

Lo que dijo en aquella ocasión podía no ser interesante, pero al nombrar por segunda vez a su prometida se daba una coincidencia digna de ser notada. En aquel mismo mes y día, según creo, en que nos perdíamos entre aquellas terribles montañas, su hermano Henry contraía matrimonio con la señorita Graeme, en el castillo de Durrisdeer.

Transcurrieron dos días del mismo modo. A cada instante Balantry decidía nuestra ruta a cara o cruz, y como una vez le echara en cara semejante proceder, me dio una respuesta que nunca he podido olvidar:

—Es el medio mejor que conozco para demostrar el desprecio que me merece la razón humana.

CAPITULO XXIV

Según creo, fue al tercer día cuando descubrimos el cadáver de un hombre blanco con el cráneo pelado y tendido en un charco de sangre. Las aves del desierto se encarnizaban en aquellos despojos y no acierto a expresar cuáles fueron mis sentimientos ante aquel espeluznante espectáculo. Sólo puedo confesar que en aquel instante perdí las últimas esperanzas que me quedaban.

Un poco más tarde atravesábamos penosamente una parte de la selva que había ardido, cuando de pronto vi a Balantry, que abría la marcha, esconderse detrás de un tronco caído. Corrí a su lado y ambos miramos al fondo de un barranco próximo, donde descubrimos a una numerosa banda de salvajes armados y que parecían venir hacia nosotros. Llevaban el torso desnudo pintarrajeado con albayalde y bermellón. Avanzaban unos tras otros en fila y con un rápido trotecillo, de forma que tardaban muy poco en aparecer y desaparecer entre los árboles. Las angustias que pasamos durante aquellos instantes en que estuvimos viendo a los salvajes, no son para descritas. ¿Estarían al lado de los ingleses o de los franceses?... ¿Querían cueros cabelludos o prisioneros?... ¿Debíamos salir de nuestro escondite o permanecer allí ocultos? Balantry se volvió hacia mí. Una horrible mueca le desfiguraba la boca y descubría los dientes como un animal hidrófobo o un león hambriento. No dijo nada, pero toda su persona parecía presa de terrible duda. De pronto sacó la eterna moneda, y arrojándola al aire, esperó a que volviera a caer en sus manos. Luego la miró con detenimiento y después, sin decir palabra, se tendió con la cara hundida en tierra.

**

NOTA DE MACKELLAR

Es falso lo que dice el caballero Burke respecto al matrimonio de la señorita Alison con Henry, ya que en dicha época ni siquiera se pensaba en celebrar tal boda.

En cuanto al relato del coronel, lo abandono ahora porque narraba cómo aquel mismo día se disputaron los dos y se separaron. Como la forma en que cuenta la querella me parece bastante incompatible con sus caracteres, no la considero cierta, por lo que tampoco la juzgo digna de ser transcrita.

En lo sucesivo caminaron separados y sufrieron inenarrables angustias, pero finalmente, primero el uno y después el otro, fueron recogidos por las patrullas del Fuerte de San Federico. Sólo dos cosas me quedan por decir. La primera es la que precisamente interesa más en este relato, pues Balantry, en medio de sus tribulaciones, enterró sus riquezas en un lugar que no ha podido ser descubierto, pero cuya topografía conservó dibujada con su sangre en el forro de su sombrero. Y la segunda, que, al llegar sin un céntimo al fuerte, fue acogido como un hermano por el caballero Burke, quien más tarde le pagó su viaje de regreso a Francia. Cito este rasgo del coronel con tanto más placer cuanto que temo más arriba haberle molestado con mis apreciaciones. Sin embargo, quiero hacer constar que no deseo hacer el menor comentario sobre algunas de sus opiniones, tan extraordinarias y, según mi criterio, bastante injustas. Sin embargo, su versión de la querella no puedo aceptarla, puesto que le he conocido personalmente y jamás he visto hombre menos pusilánime. Deploro esta negligencia del coronel, tanto más cuanto que la forma del relato, aparte algún que otro adorno, me ha conmovido y satisfecho por su gran ingenuidad.

CAPITULO XXV

No resulta difícil imaginar en qué parte de las aventuras se extendió el coronel con mayor profusión de detalles mientras las relataba a milord. El episodio del barco pirata sufrió muchas mutilaciones y ni siquiera pude oír hasta el final lo que el coronel quiso manifestar, porque Henry, que desde hacía unos instantes parecía hundido en sombrías reflexiones, se levantó de donde estaba.

—Perdone, coronel Burke —dijo—, mis asuntos me obligan a salir.

—Está usted perdonado, caballero —replicó Burke inclinándose ligeramente.

Entonces Henry me hizo seña de que le siguiera y fuimos al despacho. Una vez a solas conmigo, no trató de ocultar su inquietud y empezó a pasear de un lado a otro, con el rostro contraído y la frente sudorosa.

—Tenemos que hacer —dijo al fin.

Pero antes de seguir hablando de ello mandó pedir una botella de magnum del mejor, cosa que desentonaba con sus costumbres.

—¡Ah! Tengo la garganta seca —exclamó cuando tuvo la botella ante él y empezó a vaciar un vaso tras otro con absoluta indiferencia. Sin embargo, la bebida no tardó en excitarle.

—Sin duda no os asombraréis, Mackellar, al saber que mi hermano, afortunadamente sano y salvo, se encuentra necesitado de dinero.

—Ya me lo figuraba —respondí—, pero no veo cómo podréis enviarle alguna cantidad, pues francamente estamos mal de fondos.

—No se trata de los míos. Existe el dinero para la hipoteca.

—Esa suma pertenece a vuestra esposa —le recordé.

—Pues bien, responderé de ella ante mi esposa.

—Y aunque así sea —agregué yo sin hacer caso de su tono violento—, existe la hipoteca misma.

—De eso precisamente quería hablaros, Mackellar.

—Perdonadme, señor, pero no considero que este sea el momento más oportuno para distraer fondos y mucho menos los de la hipoteca. Si tal cosa llegamos a hacer, perderemos el beneficio de las economías realizadas y empujaremos el dominio a un atolladero.

Hasta me tomé la libertad de hacerle algunas advertencias, pero como persistía en su propósito, oponiéndome siempre el mismo movimiento de cabeza y una sonrisa de amarga resolución, llevado de mi celo, acabé por extralimitarme de mis funciones y exclamé:

—¡Eso es una locura, y por lo que a mí respecta, no quiero tener parte en ella!

El gesto de Henry se hizo más amargo cuando me contestó:

—A juzgar por las apariencias, debéis creer que esto lo hago por divertirme. Tengo una hija, no lo olvidéis, Mackellar, y, además de amar el orden, empezaba a enorgullecerme del dominio. Pero..., ¿qué queréis?... Todo esto no me pertenece... Después de lo que acabo de saber, no me pertenece nada e incluso mi existencia ha perdido todo su valor. No soy más que un hombre y una sombra. ¡Eso es lo que soy: una sombra! Y mis derechos carecen de realidad.

—Ya sabrán los tribunales descubrirla.

Clavó en mí una mirada que tuvo el poder de hacer que me arrepintiera de esas palabras, pues comprendí que al hablar del dominio se refería también a su matrimonio. Entonces, con brusquedad, sacó la arrugadísima carta del bolsillo y empezó a leerla con voz temblorosa.

—"Mi querido Jacob: Cierta vez te di ese nombre. ¿Lo recuerdas?"

Carraspeó y clavó en mí sus ojos, diciendo:

—Ese es el principio, Mackellar, ¿qué os parece?

Luego, en vista de mi silencio, continuó leyendo.

—"Yo sé que eres un bicho avariento".

Al pronunciar estas palabras, su rostro se congestionó.

—¿Qué pensáis de esto, Mackellar, cuando es mi único hermano quien me lo dice? ¡Juro ante Dios que le apreciaba y que siempre le fui adicto!..., pero él no me cree... ¡Nadie me cree!

»Mi hermano me llama bicho avariento, pero yo no aceptaré que siga llamándomelo. No podré darle las enormes sumas que reclama, pues ya sabe muy bien él que nuestros bienes no bastarían para ello, pero le daré cuanto tengo y eso es más de lo que él debe suponer. Aunque tenga que arruinar el dominio y andar descalzo, hincharé a esa sanguijuela... Que lo pida todo... todo ¡Y se lo daré! ¡Oh! ¡Y pensar que todo lo había previsto, y aún algo peor, cuando se opuso a mi partida!

Yo me hallaba consternado ante su desazón, sobre todo porque ello era muy contrario a su carácter siempre sereno y unánime. Por eso no me atreví a contradecirle cuando me ordenó que contara el dinero. Me senté a su lado y después de cumplir aquella orden envolví el dinero para que Burke se lo llevara más cómodamente. Terminado lo cual, Henry regresó a la sala donde él y milord pasaron la noche conversando con su huésped.

CAPITULO XXVI

Un poco antes de que amaneciera me llamaron para que acompañara a Burke y ambos descendimos hasta la playa. Mientras caminábamos dije al coronel.

—Caballero, es una gran suma la que vuestro amigo reclama. Supongo que sus necesidades deben ser muchas.

—Así parece.

A pesar de la sequedad con que me había contestado, insistí.

—Yo no soy más que un empleado del castillo de Durrisdeer y conmigo podéis hablar sin rodeos. Creo que de vuestro amigo no hay que esperar nada bueno, ¿verdad, coronel?

—Querido amigo. Balantry es un caballero de grandes dotes y al que admiro y reverencio hasta la mismísima suela de sus botas.

Aunque sus palabras manifestaban entusiasmo, creí adivinar algún escrúpulo en ellas, por lo que dejé escapar este comentario:

—De todas maneras, no creo que debamos esperar grandes cosas de él.

—He de confesaros —dijo entonces el coronel— que tenéis razón.

Habíamos llegado mientras tanto a orillas de la pequeña ensenada donde le aguardaba la canoa.

—Bien, os quedo muy reconocido por vuestras atenciones, señor... como os llaméis. Y como final de nuestra conversación, ya que os mostráis tan interesado, os confiaré cierto pequeño detalle que tal vez interese a la familia. A lo que supongo, mi amigo debe haber olvidado decir en sus cartas que el Socorro Escocés le tiene señalada una pensión más importante que a ninguno de los refugiados en París. Y lo más vergonzoso, caballero —añadió acalorándose— , es que no me ayuda ni con un mal escudo.

Al acabar se me quedó mirando como si yo fuera responsable de aquella injusticia. Luego recobró su habitual exceso de cortesía, me estrechó la mano y fue a la canoa silbando el aria patética de Shule Aroon. Era la primera vez que la oía pero recuerdo que aquella sencilla cadencia seguía resonando en mi cabeza aún después de que los contrabandistas le hicieron callar. Rechinaron los remos y allí permanecí, viendo cómo se alejaba la canoa en dirección al barco que la aguardaba a punto de levar anclas.

CAPITULO XXVII

La merma sufrida en nuestro presupuesto nos desequilibró bastante y fue preciso que me dirigiera a Edimburgo para obtener un préstamo en condiciones muy onerosas. Pero eso no fue todo. Los contrabandistas volvieron varias veces con mensajes del heredero y nunca se fueron con las manos vacías. Ya no me atrevía a discutir con Henry, que entregaba cuanto se le pedía con noble rabia, hallando quizá un placer al alimentar sin tregua las constantes peticiones de su hermano. Pero todo ello repercutía en el dominio, nuestros gastos normales se restringían cada vez más, las cuadras iban despoblándose hasta el punto de que sólo quedaron en ellas cuatro caballos de labor; los criados fueron despedidos, con lo que se produjeron murmuraciones en la comarca y se reavivó la añeja enemistad contra Henry. Y finalmente fue preciso renunciar al viaje que cada año se hacía a Edimburgo. Esto último ocurrió ya en 1756. Durante siete años, el heredero había estado chupando la sangre de Durrisdeer como una sanguijuela incansable, sin que Henry se quejara ni hablase una palabra de ello. Jamie, astuto y especulador, y que únicamente dirigía sus peticiones a su hermano, sin molestar con ellas a milord. Así, no es de extrañar que la familia se quejara de nuestras economías considerando que Henry se había vuelto muy mezquino, pero al tener que renunciar al viaje a Edimburgo, se rompió el mutismo orgulloso de la familia y estalló la tormenta.

—¡Eso es ya demasiado! —exclamó la señora Durie—. Bien sabe Dios que mi vida se desliza en un constante aburrimiento. No estoy dispuesta a tolerar que se me prive del consuelo que ir a Edimburgo representa para mí. Hay que dejar de una vez esas vergonzosas restricciones, que nos están convirtiendo en la irrisión de la comarca.

—Lo lamento, Alison, pero no puedo hacer nada.

—¿No puedes hacer nada? —replicó su mujer violentamente—. ¿Y no te avergüenzas de hablarme así?... ¡Ah! Por fortuna tengo mi propio dinero para poder hacer cuanto se me antoje.

—Olvidas que tu dinero es mío también en virtud de nuestro matrimonio —replicó Henry con vehemencia. Y antes de que su esposa pudiera salir de su estupor se puso en pie abandonando la estancia.

El anciano lord elevó los brazos al cielo y seguido de su nuera se retiraron a su lugar favorito, junto a la chimenea, lo que equivalía a despedirme. Me fui en busca de Henry y le encontré en el despacho.

—Señor —le dije—, hace demasiado tiempo que os estáis amargando la existencia y es preciso que esto termine.

—¡Oh! Nadie se da cuenta de nada. Ellos se creen que soy un bicho avariento, exactamente igual que dice mi hermano, pero yo le haré ver a ese individuo quién es más generoso de los dos.

—Eso no es más que orgullo —repliqué yo.

—¿Creéis que necesito vuestros consejos?

No le respondí porque comprendí que lo que de veras necesitaba era ayuda, y aunque no quisiera, estaba dispuesto a prestársela. Esperé a que la señora se hubiera retirado a sus habitaciones y entonces me presenté ante su puerta y le pedí audiencia.

CAPITULO XXVIII

—¿Qué deseáis, Mackellar? —me preguntó asombrada.

—Bien sabe Dios, señora, que jamás la he molestado con libertades —respondí—, pero este asunto pesa demasiado sobre mi conciencia y debo librarme de él.

—¿De qué asunto habláis?

—¿Es posible estar tan ciego como lo estáis vos y milord? —repuse sin hacer caso de su pregunta—. ¿Es posible vivir tantos años al lado de una persona de tan noble corazón como vuestro esposo sin comprender su bondad?

—No os comprendo...

—Así, pues, ¿ignoráis a dónde va a parar su dinero?... ¿El suyo, el vuestro, y hasta el dinero del vino que ya no se bebe en las comidas? ¡Yo os lo diré! Todo el dinero va a París, a manos de ese hombre que se llama hermano de vuestro marido y que en siete años ha recibido de nosotros ocho mil libras.

—¡Imposible! ¡Las rentas no dan para tanto!

Al oírla lancé una risita sarcástica.

—Sólo Dios sabe cómo hemos podido reunir ese dinero, pero si seguís creyendo que vuestro esposo es mezquino y avaro, no es necesario que os diga nada más.

—Por favor, Mackellar, no sigáis zahiriéndome. Merezco vuestras censuras, pero quiero poner las cosas en su punto inmediatamente. Jamie ha sido siempre de condición irreflexiva, pero posee un corazón de oro y es la bondad y generosidad personificadas. Le escribiré yo misma y todo se arreglará. No podéis figuraros cuánta pena me han causado vuestras palabras.

La miré con manifiesto rencor. Seguía pensando en el heredero y ello me puso más furioso todavía, pero el mismo día tuve la satisfacción de ver salir a Henry de las habitaciones de su esposa en un estado diferente del habitual. En seguida comprendí que la señora le había pedido perdón.

"¡Ah! —me dije para mis adentros—. ¡Esta vez Mackellar ha dado un buen golpe!"

Al día siguiente, cuando me hallaba sentado ante mis libros, Henry se me acercó por la espalda y, afectuosamente, me dio unas palmadas en los hombros, diciéndome con tono emocionado:

—Lo sé todo. Me he dado cuenta de que no puede confiarse en vuestra palabra.

A esto se redujo todo, pero lo dijo con acento tan elocuente que me resultó más grato que cualquier otra manifestación de gratitud. Lo que más complacido me dejó fue que, cuando volvió otro enviado del heredero, no se llevó más que una carta, y pude observar que mientras la escribía el propio Henry, su rostro reflejaba una gran satisfacción.

Desde entonces las cosas fueron mucho mejor en la familia, pero nuevos acontecimientos vinieron a turbar la paz, y precisamente fui yo quien recibió la carta que debía variar el rumbo de las cosas. Con gran asombro por mi parte, al abrirla vi que me la dirigía el coronel Burke desde Troyes-en-Champagne y que estaba fechada el 13 de julio de 1756. Decía así:

"Mi querido señor: Sin duda os sorprenderá recibir carta de persona a quien tan poco conocéis, pero desde que os conocí en Durrisdeer os consideré hombre de gran seriedad, condición que admiro tanto como la intrepidez en el soldado. Además, me intereso por la familia a quien tenéis la honra de servir, y por otra parte no puedo olvidar cierta conversación que sostuvimos la mañana de mi partida.

"Hace unos días estuve en París y conocí vuestro nombre de labios de mi amigo el señor de Balantry, por lo que ahora puedo aprovechar esta ocasión y enviaros algunas noticias.

"Balantry, según os informé en aquella ocasión, percibía una importante pensión del Socorro Escocés. Poco después le dieron el mando de una compañía y más tarde el de un regimiento, mientras que a mí se me enviaba a vegetar a este pueblo; pero eso es natural que pase, pues yo no soy tan buen cortesano como Balantry, quien, según se cuenta, debe gozar de una protección excepcional. Sin embargo, las cosas se han vuelto hace poco en su contra, pues cuando le vi salía de la Bastilla, adonde había sido enviado por mandato del rey. Ahora está en libertad, pero se ha quedado sin pensión y sin regimiento. En este punto, la franqueza irlandesa substituirá a la hipocresía y estoy seguro de que me lo agradeceréis.

"Creo que Balantry es hombre de grandes dotes y soy admirador de su talento. Así, pues, he pensado que no estaría de más indicaros el cambio sufrido por sus asuntos. La última vez que le vi hablaba de irse a la India, pero para eso tendría necesidad de dinero. Acaso conozcáis el proverbio que dice: "A enemigo que huye, puente de plata". Estoy persuadido de que me habéis comprendido.

"Y ahora me complazco en ofreceros, con mis respetos para lord Durrisdeer, su señor hijo y la encantadora esposa de éste, el testimonio de la más distinguida consideración personal de vuestro humilde servidor.

"Francis Burke."

En cuanto terminé de leer esta carta se la llevé a Henry. Ambos tuvimos la misma idea: que desgraciadamente llegaba con una semana de retraso. Le escribí al coronel a toda prisa rogándole que asegurara al heredero que su siguiente enviado sería satisfecho, pero llegué demasiado tarde y no pude desviar el golpe que nos amenazaba.

CAPITULO XXX

En la tarde del 7 de noviembre de aquel desgraciado año, mientras estaba dando mi acostumbrado paseo, vi el llamear de una fogata en el Muckleross. Aunque ya se acercaba la hora en que debía regresar, estaba tan inquieto mi espíritu, que no pude contenerme y me dirigí a la punta de tierra llamada Craig Head. Desde allí vi que en la bahía había anclado un barco y que una canoa se dirigía a tierra.

—No puede ser otra cosa —me dije— que un mensajero que viene a Durrisdeer.

Apresuradamente descendí la abrupta pendiente y logré esconderme en unos matorrales de la orilla, lo bastante cerca para ver abordar la canoa. El mismo capitán Crail, contra su costumbre, llevaba el timón y a su lado se veía a un pasajero al que acompañaban una docena de maletas de todos pesos y tamaño. Poco después el equipaje quedó amontonado en la playa, la canoa regresó al buque y el caballero quedó solo en las rocas. Era un hombre alto, de gallarda apostura, vestido de negro, con espada al cinto y bastón en la mano. Como despedida al capitán Crail, agitó el bastón en el aire, con un gesto entre cortés y burlón, que se me ha quedado grabado en la memoria.

Cuando hubo desaparecido la canoa recobré mi tranquilidad y avancé hacia el desconocido, que, al oírme, se volvió hacia mí y me hizo señas de que me acercara. Le obedecí y entonces me dijo con acento inglés:

—Aquí tenéis algunos objetos para Durrisdeer.

Estaba lo bastante cerca como para observar sus finos rastros y su rostro moreno, largo y enjuto, su mirada viva y sombría, reveladora del hombre acostumbrado a la lucha y al mando. Sus vestidos eran de una elegancia al gusto francés; el encaje de las bocamangas era finísimo y me quedé asombrado al verle tan bien trajeado, cuando acababa de desembarcar de un sucio buque de contrabandistas. Mientras yo le examinaba de este modo, él hacía lo mismo conmigo, y cuando hubo terminado dijo sonriendo:

—Apuesto a que conozco vuestro nombre. Por vuestra letra, señor Mackellar, había descubierto vuestro modo de vestir.

Al oír esto me eché a temblar.

—¡Bah! —siguió diciendo sin dejar de sonreír—. No tenéis que tener ningún miedo de mí, a pesar de vuestras enojosas epístolas. Es más, tengo incluso intención de valerme de vuestros servicios, Me llamaréis señor Baly, que es una abreviación de mi propio nombre. Y ahora coged esto y aquello —al hablar señalaba dos maletas—; no creo que podáis llevar más peso. En cuanto al resto del equipaje, puede esperar aquí a que envíe a recogerlo. Vamos, no perdamos más tiempo.

Apenas pude darme cuenta de lo que hacía, cuando ya le estaba obedeciendo y caminaba detrás de él a través de los matorrales, sin preocuparme por la carga que llevaba. De pronto dejé las maletas en el suelo y me detuve.

—¿Qué sucede? —me preguntó.

—¿Sois el señor de Balantry?

—Así es —repuso burlón—. No he pretendido ocultar mi identidad al astuto Mackellar.

—¡En nombre del Cielo! —exclamé—. ¿Por qué habéis venido?... Volveos ahora, cuando todavía estáis a tiempo.

—No, gracias. Ha sido vuestro señor y no yo quien ha escogido este medio. Y puesto que así lo ha querido, debe sufrir las consecuencias. Y ahora coged de nuevo mi equipaje. Lo habéis dejado en sitio muy húmedo.

Pero yo no estaba dispuesto a seguir obedeciéndole.

—Si no hay nada que pueda haceros volver —le dije—, sabed al menos que, en mi opinión, un simple caballero cristiano, sentiría escrúpulos de continuar.

—Considero vuestras palabras muy halagadoras —replicó él, burlándose.

—Ya que no queréis regresar —insistí—, permitid que os recuerde que hay ciertos formulismos merecedores de todo respeto. Esperad aquí con el equipaje mientras aviso a vuestra familia. Lord Durie es anciano y... merece que se tengan con él ciertas precauciones.

—En verdad —dijo—, este Mackellar se valora una vez conocido.

Luego, en tono más duro, añadió:

—Escuchad, amigo, y sabedlo de una vez para siempre. Conmigo perdéis lastimosamente el tiempo, puesto que me he acostumbrado a ir siempre en línea recta y con ineludible impulso por mi camino.

—¿De veras? —repliqué—. Pues bien, ¡vamos a verlo!

Y dando media vuelta, salí corriendo en dirección a Durrisdeer sin hacer caso de sus gritos ni imprecaciones. Unos minutos después llegué al castillo sin aliento, subí de cuatro en cuatro los escalones e irrumpí en la sala donde me detuve, sin poder hablar, ante toda la familia. Todos me miraron sorprendidos y en mis ojos debía leerse algo de lo que sucedía, porque se quedaron como petrificados.

—Ha venido —pude decir al fin.

—¿El? —preguntó Henry.

—Sí.

Milord tuvo que apoyarse en la butaca.

—¿Mi hijo? —exclamó—. ¡Imprudente! ¡Imprudente!... ¿Por qué no se habrá quedado en su refugio?

En cuanto a la señora Durie, no despegó los labios.

—Bueno —dijo Henry, que fue el primero en recobrar la serenidad—. ¿Dónde está, Mackellar?

—Se ha quedado en el camino.

—Venga conmigo. Quiero ir a su encuentro.

CAPITULO XXXI

Y salimos los dos sin decir nada más, pero no tuvimos que andar mucho, pues enseguida vimos al heredero que venía hacia nosotros silbando alegremente, y agitando el bastón en el aire.

—¡Hola, Jacob! —dijo—. Ya está de regreso tu hermano Esaú.

—Por el amor de Dios, Jamie —le dijo su hermano—. Llámame por mi nombre. No mentiré diciéndote que me causa un gran placer volver a verte, pero sí que he de acogerte lo mejor que pueda en la casa de nuestros padres.

—¿Ibas a decir en mi casa o en la nuestra? — preguntó el heredero con ironía—. Pero esto es algo de lo que prefiero no hablar. Ya que no has querido seguir ayudándome mientras estaba en París, espero que no me rehusarás un lugar en el hogar de Durrisdeer.

—No sé por qué hablas así. Parece como si te dieras cuenta de la fuerza de tu situación.

—Y así es en efecto —agregó Jamie con una sonrisita burlona.

Tal fue la acogida burlona que se dispensaron ambos hermanos, sin abrazarse ni siquiera estrecharse las manos. Después el primogénito me ordenó que cogiera el equipaje, pero yo me volví hacia Henry esperando que confirmara aquella orden; éste lo hizo así, pero sus palabras me pareció como si encerraran una nota de desafío hacia el recién llegado.

—Mientras el señor permanezca aquí, Mackellar, os agradeceré que cumpláis sus deseos como si fueran míos. ¿Queréis enviar uno de los criados a que recoja su equipaje?

—Dile que lo coja —interrumpió su hermano groseramente— y dejaos de tantas zarandajas.

Me quedé sin habla. Incluso llamar a un criado me resultaba imposible, por lo que preferí obedecer a aquel hombre y seguí a ambos hermanos rebosante de rabia y desesperación. El peso de las maletas me pareció mayor que al principio y ello fue motivo de que me retrasara. Cuando llegué a la sala debía hacer ya rato que terminaron las efusiones del recibimiento y acababan de sentarse a la mesa, pero se habían olvidado de mi sitio, lo que me hirió bastante. El heredero se dio cuenta de que me había quedado en pie, azorado. Entonces se levantó con vivacidad diciendo:

—¡Vaya! Por lo visto me he sentado en el sitio de Mackellar.

Luego, dirigiéndose al criado, agregó:

—John, ponga un cubierto para el señor Baly, que no quiere molestar a nadie. Además, la mesa es lo suficientemente grande como para que quepamos todos.

Apenas si pude dar crédito a lo que oía, cuando he aquí que me cogió por los hombros, riendo, y me sentó en mi sitio de costumbre. Luego, mientras John ponía un nuevo cubierto en la mesa, Jamie se colocó al lado de su padre y acodándose en el sillón de éste le contempló con ternura. Tan cariñosamente se miraban padre e hijo que a punto estuve, en mi estupefacción, de llevarme las manos a la cabeza.

El resto fue por un estilo semejante. Dejó su rígido acento inglés y habló la querida lengua escocesa sin que de sus labios se escapara ninguna palabra dura, ni hiciera el menor gesto burlón. Durante toda la comida se mostró cortés y complaciente, mostrándose muy cariñoso con su padre y narrando alegremente algunos incidentes de sus pasadas aventuras, todo ello con tanta seducción que me pareció lógico que milord y la señora Durie le escucharan con tanto agrado.

Apenas hubo terminado la cena, la señora se levantó para retirarse.

—Veo que habéis cambiado vuestra costumbre, Alison —le dijo Jamie.

—Así es —replicó ella, a pesar de que aquello era cosa notoriamente falsa —. Buenas noches, Jamie, y sé bienvenido por tu retorno... de entre los muertos —agregó con voz desfallecida y tras un breve instante de duda.

Henry, que durante la comida había hecho un triste papel, pareció alegrarse con la marcha de su mujer. Yo me di cuenta de que estorbaba y me dispuse a retirarme, pero el heredero me lo impidió.

—No os dejo marchar, Mackellar. Por lo visto, consideráis al hijo pródigo como si fuera un extraño y debo recordaros que no es así, puesto que estoy bajo el techo de mis padres. Vamos, sentaos de nuevo y bebed a mi salud.

—Desde luego —aprobó milord—. Ni mi hijo ni vos, podéis ser considerados como extraños. Justamente, hace un instante le decía lo mucho que apreciábamos en esta casa vuestros valiosos servicios.

Nuevamente volví a sentarme, si bien permanecí silencioso, y es posible que me hubiera dejado engañar por sus maneras, de no haber ocurrido algo que puso de manifiesto su perfidia.

El hecho fue como sigue: Henry se hallaba sentado, algo sombrío a pesar de sus esfuerzos por guardar las apariencias delante de su padre. Entonces se levantó Jamie y le dio unos golpecitos en el hombro.

—Vamos, muchacho —le dijo en el tono cariñoso que debieron emplear cuando eran niños—. No tienes motivos para sentirte deprimido por mi llegada. Todo es tuyo y no pienso disputarte gran cosa; sin embargo, no creo que tú debas disputarme mi sitio en el hogar.

—Eso es muy justo, Henry —aprobó milord frunciendo las cejas, gesto inhabitual en él—. Hasta ahora te has estado portando como el hermano mayor de la parábola.

—Yo siempre quedo en mal lugar —dijo Henry dolido.

—¿Y quién te pone en mal lugar? —exclamó milord con rudeza impropia de hombre tan apacible y ponderado—. Has merecido mi reconocimiento y el de nuestra familia más de mil veces. Creo que ya es suficiente.

—Puedes estar seguro de ello —agregó el heredero, en cuya mirada me pareció ver un extraño brillo amenazador.

CAPITULO XXXII

Durante la época en que se desarrollaron los sucesos que voy a relatar, me hice cuatro preguntas que todavía hoy no he podido contestarme. ¿Obedecía Jamie a un resentimiento particular contra Henry? ¿O a lo que él creía su conveniencia? ¿Era debido a simple crueldad? ¿O a lo que él hubiera llamado amor?... Me atengo a las tres primeras, aunque es posible que obedeciera a las cuatro. En efecto, la animosidad contra Henry explicaría su rencoroso comportamiento cuando se hallaban a solas y su actitud deferente cuando estaba presente milord; su conveniencia, con un toque de galantería, se manifestaba en el tono cordial que empleaba con la señora; su crueldad se revelaba en los trajines que se traía mezclando y oponiendo aquellas diferentes líneas de conducta.

Seguramente debido a mi abierta amistad por Henry, me vi envuelto en su juego, cubriéndome de sarcasmos cuando estábamos solos, o mostrándose en extremo cariñoso y amable cuando había alguien delante. Esos contrastes resultaban sumamente molestos para mí, pues nunca sabía a qué atenerme. Pero todo esto no tiene más que una relativa importancia, si se compara con lo que tuvo que soportar Henry. Su martirio fue el más horrible, porque, ¿cómo responder en público a quien le insultaba? El pobre se veía obligado a parecer rudo y condenado al silencio. Milord y la señora, testigos solamente de uno de los aspectos del primogénito, hubieran jurado que éste era un modelo de grandeza de alma, mientras que su hermano resultaba la personificación de los celos y de la ingratitud. Y todo esto se agravaba notablemente si se pensaba que la vida del mayor estaba en peligro y que, además, se había quedado sin prometida, sin título y sin fortuna. El simple recuerdo de todo aquello me hace hervir la sangre, y a pesar de la maquiavélica astucia del primogénito, estoy convencido de que la señora pudo haberse dado cuenta de ella. Y lo mismo digo de Milord.

El heredero era muy astuto y se aprovechaba del supuesto peligro que corría —y pronto explicaré por qué digo supuesto— para hablar de él con desenfadada jovialidad, lo que le daba un aspecto todavía más interesante, empleándolo, además, como arma contra Henry. Aún me parece verle un día colocando un dedo sobre el incoloro cristal de la pintada vidriera, en una ocasión que estábamos los tres solos.

—Por aquí pasó tu afortunada guinea, Jacob —dijo. Y como Henry le mirara sombríamente, añadió—: ¡Bah! No me mires con ese aire impotente, mosquita. Te verás libre de tu araña en cuanto lo desees. ¿Cuándo considerarás necesario denunciarme, querido hermano?

Henry le miró de forma sombría y palideció.

Pero el otro, lanzando una carcajada, le dio una palmada en el hombro, diciendo:

—¡Aparta, palurdo!

Henry dio un paso atrás y miró en forma amenazadora a su hermano, éste pareció desconcertarse, y aunque trató de echar la cosa a broma, nunca más se atrevió a poner la mano encima de su hermano.

CAPITULO XXXIII

Aunque continuamente hacía referencia al peligro que corría, me pareció que su conducta era muy imprudente.

"El gobierno debe tener un sueño muy pesado —me decía a mí mismo— para no coger a un rebelde que se pasea con tanta impunidad." No niego que en alguna ocasión estuve tentado de denunciarle, pero me contuvo la idea de que morir en el patíbulo sería demasiado honroso para él y que con ello aumentaría el pedestal que le habían alzado su padre y su cuñada. Por otra parte, estaba seguro de que si me mezclaba en aquel asunto, Henry no dejaría de reprochármelo. Sin embargo, a pesar de su aire desenvuelto, no dejaba de tener sus preocupaciones, una de las cuales era aquella mujer llamada Jessie Brown, que, desde que conoció la llegada del heredero, no se apartaba de los aledaños del castillo, llamándole a gritos, cantándole canciones, e incluso colgándose de su cuello llorando sobre su pecho. Todo aquello molestaba al primogénito, de tal modo, que trató de ponerle fin de un momento a otro. Vino a mi despacho y con mucha cortesía me dijo:

—Mackellar, hay una mala bicha que ronda los alrededores sin que pueda desembarazarme cortésmente de ella. Por eso recurro a vos.

—No veo qué puedo hacer.

—Es muy sencillo —replicó—. Procurad, os lo ruego, que nuestras gentes reciban la orden de echar sin contemplaciones a esa mujer.

—Señor —respondí algo tembloroso—. Vale más que solucionéis por vos mismo vuestros sucios problemas.

Sin decir media palabra, dio media vuelta y abandonó el despacho.

A los pocos minutos se presentó Henry.

—¡Vaya, señor Mackellar! Como si yo no tuviera bastantes ocupaciones, aún queréis aumentarlas. ¿Por qué habéis ofendido al señor Baly?

—Con vuestro permiso, señor —repliqué dignamente—. Ha sido él quien me ha ofendido; sin embargo, es posible que, al contestarle, no haya tenido en cuenta vuestra situación. Os explicaré sus pretensiones, y si decidís que le haga caso, bastará con que vos me lo ordenéis para que obedezca.

Y le expliqué lo que acababa de ocurrir.

—Habéis hecho muy bien —dijo cuando hube terminado de hablar, y abriendo la ventana llamó al señor Baly. Este no tardó en presentarse con aire de estar muy seguro de sí mismo.

—Jamie —le dijo su hermano—. Has acudido a mí para quejarte del señor Mackellar. He tomado mis informes y voy a contestarte como te mereces. Utilizaré la misma libertad de expresión que tú empleas cuando estamos solos. Este caballero —añadió señalándome— es alguien a quien estimo mucho y, por lo tanto, mientras permanezcas bajo este techo, debes procurar no ofenderle.

"En cuanto a la comisión que le proponías, encárgate tú mismo de solventarla, pues a ti solo te incumbe la responsabilidad de tus actos, y no quiero que ninguno de mis servidores se mezcle en tus turbios asuntos.

—Querrás decir los servidores de mi padre —contestó él con malicia.

—Digo lo que me place. Y si no te gusta, ve a hablar con nuestro padre.

El heredero palideció entonces; señalándome con el dedo, dijo:

—Quiero que despidas a este hombre.

—Y yo no pienso hacerlo.

—Te costará caro —amenazó él.

—Por tu culpa he pagado ya tantas cosas — replicó Henry con vehemencia —, que ya no me queda nada. Ni siquiera el temor

—Eso lo veremos —repuso el primogénito.

Y se retiró furioso.

Henry me miró preocupado.

—¿Qué se propondrá ahora, Mackellar?

—No lo sé, señor; pero será mejor que me marche. Si me quedo sólo os proporcionaré más preocupaciones.

—De ningún modo. ¿O es que pretendéis dejarme completamente solo?

—¡Eso no!

—Entonces quedaos y no se hable más de este asunto.

El ataque no se hizo esperar y tomó como blanco a la señora Durie, a la que prodigó infinidad de atenciones, como siguiendo un plan preconcebido, pero con tal habilidad que ella no supo darse cuenta de sus mañas. Además, no cejó hasta captarse el cariño de la pequeña Catalina, que no sabía estar sin él. Paseaban siempre juntos y correteaban como dos chiquillos. Esto hizo que Henry se irritara, enfadándose con la pequeña, lo que provocó una discusión entre los esposos, con el consiguiente regocijo por parte de Jamie.

**

Aunque el heredero lo disimulaba perfectamente, su permanencia en el castillo no se debía a otra cosa que al deseo de conseguir dinero y marchar a la India como tenía proyectado. Para ello utilizó todas sus artes hasta conseguir que su padre diera la orden a Henry de que vendiera en breve plazo las tierras de OcMerhall. A pesar de sus protestas, no le quedó a Henry otro remedio que vender a bajo precio, yendo a parar el fruto de aquella desventajosa operación a los bolsillos del primogénito que lo remitió, valiéndose de medios ocultos, a Francia.

Con ello ya había logrado su propósito y esperábamos de un momento a otro el fruto de nuestro sacrificio, pero éste no llegaba, pues el visitante continuaba en Durrisdeer. Un día estaba charlando con un colono y dijo algo que me puso sobre aviso acerca del heredero y del supuesto peligro que decía correr.

—Hay algo que me sorprende —decía el colono— y es el hecho de la llegada del señor de Balantry a Cockermouth.

—¿A Cockermouth? —pregunté yo a mi vez, pensando por mi mente la imagen del caballero tan acicalado que vi descender de la chalupa del capitán Crail y que me dejó entonces tan sorprendido.

—Sí. Fue allí donde le recogió el capitán Crail. ¿Es que vos también creías que venía de Francia?

—Desde luego. Y ahora dispensadme. Tengo mucho que hacer.

Inmediatamente y sin esperar las palabras de aquel hombre, corrí al encuentro de Henry, al que comuniqué cuanto acababa de saber.

—¿Qué importa cómo haya llegado si hace tanto tiempo que está aquí y no parece tener ganas de marcharse?

—No, no —repuse—. Pensad en lo que eso puede significar.

—No os entiendo, Mackellar. ¿Qué queréis decir?

—Sencillamente, pienso que es posible que el señor de Balantry tenga al gobierno de su parte, y por eso puede vivir aquí con tanta impunidad.

Henry quedó estupefacto. Sus cejas se fruncieron y permaneció unos instantes silencioso, meditando. Luego vi como en sus labios aparecía poco a poco una sonrisa feroz, que tenía cierto parecido con la de su hermano.

—Dadme papel, Mackellar —pidió.

Y sin decir más, se puso a escribir a un caballero conocido suyo, que ocupaba un puesto de importancia en el gobierno. Envié aquella carta con Macconochie, que en aquella ocasión se mostró no sólo reservado, sino también muy veloz, pues regresó antes de lo que esperaba y eso que mi impaciencia era muy grande. Cuando Henry leyó la respuesta de su amigo, sonrió ferozmente.

—Mackellar —me dijo—, este es el mejor servicio que me habéis prestado hasta ahora. Con este documento voy a proporcionar a mi hermano una fuerte impresión. Observadnos durante la comida.

Así lo hice y pude darme cuenta de que Henry proponía a su hermano un paseo a caballo por un lugar demasiado visible. Tal como él esperaba, milord se opuso por considerarlo peligroso.

—¡Bah! —dijo Henry con desenvoltura—. ¿Para qué os molestáis en guardar el secreto? ¡No vale la pena! Estoy tan enterado como vos.

—¿Qué dices? —protestó milord—. ¿De qué secreto hablas?

El heredero había cambiado de color al oír a su hermano, por lo que deduje que el golpe había dado en un punto vulnerable. Henry, en aquellos instantes, se volvía hacia él diciéndole con aparente asombro:

—¿Cómo?... Sé que sirves a nuestros señores con fidelidad y suponía que, al menos por piedad, habrías tranquilizado a nuestro padre.

—No sé de qué estás hablando, ni quiero que se discutan en público mis asuntos —gritó furioso Jamie—. ¡Exijo que cese inmediatamente esta conversación!

—Palabra que no esperaba de ti tanta discreción —replicó Henry fríamente —. Ahora bien, he aquí lo que me escriben.

Y desdoblando la carta, leyó:

"—Efectivamente, interesa al Gobierno y al caballero a quien quizá convenga seguir llamando señor Baly, que este acuerdo permanezca en secreto; pero nunca se tuvo la intención de dejar a su familia, hasta la hora presente, sumida en las angustias que contáis tan por lo vivo. Por lo que me es muy grato ser el primero en apaciguar tales temores: el señor Baly se halla en Gran Bretaña tan seguro como vos mismo."

—¿Es cierto eso? —preguntó milord a su hijo, mirándole con sospecha.

—Querido padre —dijo el heredero, recobrada ya su sangre fría —me encanta poder hablar por fin. Las instrucciones que me dieron desde Londres eran otras y debía guardar absoluto secreto. Sin duda han debido cambiar de opinión, pero yo nada he sabido, pues el hecho debe ser reciente.

"Es más —agregó cada vez con mayor aplomo—, supuse que aquella inesperada gracia, concedida a un rebelde se debía a vuestra intervención y que la orden de guardar el secreto, incluso en la familia, se debía al deseo de ocultar vuestra bondad. Ahora sólo nos queda averiguar a quién debo esta gracia, pues no creo que sea necesario refutar la acusación que se transparenta en la carta del amigo de Henry.

Y con arrogancia exclamó:

—¡Aún no se ha oído decir que un Durie fuese jamás traidor o espía!

Ya parecía que iba a salir con bien de aquello, pero no contaba con una imprudencia que había cometido, ni con la penetración de su hermano.

—¿Dices que el asunto es reciente? — preguntó Henry.

—Desde luego —repuso, tratando de dar firmeza a su acento aunque en el fondo se adivinaba cierto recelo.

—¿Tan reciente como esto? —preguntó Henry con aire hermético, volviendo a desdoblar la carta, en la que no había ninguna fecha; pero eso el primogénito no podía saberlo.

—De cualquier forma —dijo Jamie echándose a reír—, la merced ha llegado a mí demasiado tarde.

Su risa sonaba tan falsa y de timbre tan duro, que milord le miró fijamente y fue él quien interrumpió a su hijo para evitarle mayor bochorno.

—Creo inútil que prosiga esto. Todos nos alegramos de que Jamie se encuentre a salvo y, como personas agradecidas, lo mejor que podemos hacer es brindar por el rey y su clemencia.

**

Gracias a la intervención de su padre, el primogénito había salido de todo compromiso, pero a los ojos de milord había perdido el prestigio que había fomentado tan cuidadosamente, quedando reducido a ser considerado como un espía. Y no sólo perdió su lugar en el corazón de su padre, sino que la señora le trató desde entonces con visible despego. Pero aquello no sirvió para que mejoraran las relaciones entre ambos hermanos, sino que sucedió todo lo contrario, cada día que pasaba era mayor la distancia que les separaba.

—Si yo fuera vos —dije un día a Henry, saliendo de mi acostumbrada reserva—, hablaría a milord con entera franqueza.

—No puedo, Mackellar —replicó, moviendo la cabeza en sentido negativo —. No os dais cuenta de cuál es mi situación. Si descubriera a mi padre el fondo de mi pensamiento me consideraría ruin y me atraería su desprecio. Resulto antipático a todos; a los mismos que me dicen que me están agradecidos, pero que ni siquiera imaginan los desvelos que me ocasionan. ¡Esto es lo que me pierde!... Pero hay que encontrar un medio, Mackellar — agregó de improviso, mirándome con fijeza—. Hay que encontrar un medio. Tengo mucha paciencia; quizá demasiada y, además, he llegado a despreciarme.

"Y, sin embargo —concluyó diciendo con gesto agotado—, estoy seguro de que nadie se ha visto nunca envuelto en una trama tan odiosa y complicada como la que ha tejido mi hermano.

Al acabar volvió a sumirse en la meditación.

—¡Ánimo! —le dije—. Ya veréis cómo acaba por deshacerse por sí misma.

Entonces alzó la mirada y clavó la vista en un lugar indeterminado, diciendo:

—Hace ya mucho tiempo que ni siquiera me encolerizo.

Y aquellas palabras estaban tan poco relacionadas con mi última observación que preferí guardar silencio a continuar hablando. Pensé que no había de ser escuchado por él.

CAPITULO XXXIV

Aquella misma noche el heredero abandonó el castillo y no regresó hasta el día siguiente, aquel fatal 27 de febrero. Nadie se tomó la molestia de preguntarle a dónde fue y lo que hizo, cosa que de haberse sabido habría podido cambiarlo todo.

Durante aquel día el frío fue muy intenso y los leños se amontonaban en el espacioso hogar de la sala. Hacia las doce, un rayo de sol se abrió paso entre las nubes e iluminó un invernal y nevado paisaje de colinas y bosques completamente blancos. Detrás del promontorio, el barco de Crail aguardaba que se levantara el viento y de cada casa se elevaban columnitas de humo. Todo aquello volvió a hundirse en la bruma en cuanto anocheció. La noche llegó sin estrellas, oscura, como digno marco para lo que iba a suceder.

Recientemente habíamos adquirido la costumbre de jugar a las cartas después de cenar, signo evidente de que el primogénito se aburría mortalmente en Durrisdeer. Y aquella noche nos dispusimos a iniciar nuestra partida cuando milady se retiró. A la media hora de estar jugando, milord abandonó su puesto junto a la chimenea y marchó a acostarse. Quedábamos sólo nosotros tres y ya no eran precisas ni finezas ni hipocresías, pero como acababan de darse las cartas cuando se marchó el anciano, continuamos la partida. Debo hacer presente que Jamie, que corrientemente no bebía, aquella noche parecía haber dejado tan buena costumbre, y aunque disimulaba lo mejor que podía, me pareció que estaba cerca de la embriaguez. Cuando estuvimos solos, se produjo en aquel hombre una de sus habituales transformaciones, pasando de la habitual charla cortés a una forma insultante.

—Te toca jugar, querido Henry —habla dicho mientras salía su padre, y luego, al cerrarse la puerta, prosiguió—: Resulta curioso verte desplegar tal grosería en algo tan sencillo como un juego de naipes. Juegas, Jacob, como un lord de tres al cuarto o como un marinero en una taberna. Idénticas parsimonia y mezquina codicia. No pareces mi hermano.

"Hasta en "Pies cuadrados" —siguió diciendo, señalándome—, puede descubrirse cierta vivacidad cuando teme por su apuesta. En fin: no encuentro palabras con qué expresar el fastidio que experimento jugando contigo. Henry continuó jugando en silencio, pero me di cuenta de que estaba pendiente de las próximas palabras de su hermano. Este prosiguió:

—¡Cielos!... ¿Acabará esto alguna vez?... ¡Qué lourdaud!... Pero ¿para qué voy a apabullar a un palurdo con palabras francesas?... Un lourdaud, querido hermano, es algo así como un estúpido, un necio, alguien que carece de porte y de agilidad, sin condiciones para agradar. Exactamente lo que verías si te tomaras la molestia de mirarte en un espejo.

Jamie miró con malignidad a su hermano y viendo que éste ni siquiera pestañeaba, rezongó despechado:

—Parece como si te hubieras dormido ante las cartas. ¿No comprendes lo que quiero decirte con ese epíteto que acabo de explicarte, mi querido Henry?... Te lo voy a decir. A pesar de todas las buenas cualidades que me complazco en reconocerte alguna que otra vez, no sé de mujer alguna que no me prefiera, ni creo — prosiguió con el más deliberado propósito—, ni creo que deje de continuar prefiriéndome. Henry se levantó lentamente y dejó los naipes sobre la mesa.

—¡Cobarde! —dijo con suavidad. Y luego, sin prisa ninguna y casi sin violencia, selló con una bofetada la boca de su hermano.

El primogénito dio un brinco y pareció transfigurarse. Nunca le vi tan furioso como en aquel instante.

—¡Una bofetada! —exclamó—, ¡Ni a mi padre se la consentiría!

—Baja la voz —repuso con suavidad su hermano—. ¿O es que pretendes que una vez más intervenga nuestro padre en tu favor?

Traté de interponerme entre ellos, pero el heredero me apartó a un lado y se encaró con su hermano, preguntándole:

—¿Sabes lo que esto significa?

En mi vida he hecho nada de lo que estuviera tan seguro, ni tuviese tantas ganas de hacer.

—¡Necesito sangre y la tendré! —rugió Jamie.

—La tuya correrá si tal es la voluntad de Dios —replicó Henry. Y acercándose a la pared escogió de la panoplia dos sables desenvainados que ofreció a su hermano. Luego, dirigiéndose a mí me dijo:

—Mackellar, cuidad de que la lucha resulte leal. Lo creo indispensable.

—No tienes necesidad de dirigirme más insultos —dijo el heredero apoderándose de uno de los sables—. Ya te odio lo suficiente.

—Mi padre acaba de acostarse —dijo Henry—, por lo que te ruego me acompañes fuera de la casa.

—Hay un sitio muy a propósito en la avenida —repuso el heredero.

—¡Señores! —dije—. ¡Qué oprobio para los dos! ¿Vais a destruir lo que una misma madre os ha dado?

—Sí, Mackellar —dijo Henry con la misma expresión serena que no le había abandonado en todo aquel rato.

—Pues yo procuraré evitarlo —dije.

Mi conducta de entonces tiene una mancha: al oír mis palabras, el heredero puso la punta de su sable en mi pecho. La luz brilló a lo largo de la hoja y, cayendo de rodillas ante él, alcé los ojos al cielo.

—¡No! ¡No me matéis! —exclamé sollozando como un niño.

—Este ya no nos molestará —repuso el heredero, retirando de mi pecho la hoja desnuda—. A veces es una ventaja tener a un cobarde a su servicio.

—Necesitamos luz —dijo Henry, como si nada hubiera sucedido.

—Este valiente llevará un par de velas — replicó el heredero mirándome con tanto desprecio que enrojecí hasta la raíz de mis cabellos—. Vamos, coged las velas y marchad delante. Yo os sigo con esto.

Sus últimas palabras fueron seguidas por un movimiento del sable que me hizo apresurarme a coger las velas y salir delante de ellos. Marchábamos silenciosos y no se oía más ruido que el crujir de la helada senda bajo nuestros pies. El frío de la noche me producía el mismo efecto que una ducha, pero yo sólo temblaba de terror, mientras que los dos hermanos ni siquiera parecían notar el cambio de temperatura.

—Este es el sitio —dijo el heredero al cabo de unos instantes—. Soltad las velas.

Le obedecí apresuradamente y las llamas se alzaron rectas como en una habitación, entre los escarchados ramajes. Los dos hermanos ocuparon sus puestos para el combate.

—Me molesta la luz en los ojos —dijo Jamie.

—Te daré todas las ventajas —replicó Henry cambiando de lugar—. No me importa hacerlo, porque estoy seguro de que vas a morir.

—Henry Durie —dijo el heredero—. Dos palabras antes de empezar.

—No las creo necesarias —replicó Henry con voz triste—, pero si te empeñas, habla.

—Eres un magnífico espadachín y sabes manejar el florete, pero ignoras el manejo del sable. Creo que serás tú quien caiga. Si sobrevivo, como espero, huiré de la comarca en busca de dinero. Pero si caigo, ¿qué te sucederá? Me vengarán mi padre, tu mujer y tu propia hija, que sabes me prefiere a ti. ¿Has pensado en esto, querido Henry?

Viendo que su hermano no contestaba, se mordió los labios y alzó el sable saludando. Sin decir palabra, Henry saludó también y cruzaron sus aceros.

CAPITULO XXXV

Desde el principio, Henry supo aventajar y conservar esa ventaja sobre su adversario, acometiéndole con ardorosa y contenida furia. Estrechaba a Jamie por momentos. El heredero dio un brinco hacia atrás, ahogando una maldición al par que esquivaba un sablazo de su hermano. En seguida reanudaron la lucha, con más ardor por parte de Henry, mientras su hermano simulaba una confianza que estaba muy lejos de sentir, pues de no ser así, no hubiera intentado la traicionera maña de que quiso valerse, ya que agarró el sable de Henry, cosa no correcta ni admitida. Afortunadamente, su hermano dio un brinco haciéndose a un lado y ello le salvó. El heredero, llevado de su mismo impulso perdió el equilibrio y cayó de rodillas; y antes de que pudiera moverse, el sable del contrario se le había hundido en el cuerpo. Lanzando un grito ahogado acudí rápidamente, pero Jamie yacía en tierra y, como un gusano aplastado, se debatió unos instantes hasta quedar completamente inmóvil.

—Mirad su mano izquierda —pidió Henry.

Así lo hice y vi que estaba manchada de sangre. Se lo dije a Henry.

—¿Y en la palma de la mano? —volvió a inquirir.

—Tiene en ella una herida —respondí.

—Me lo figuraba —dijo, volviéndose de espaldas.

Entonces me incliné sobre el caído y le desabroché el traje. Su corazón ya no latía.

—¡Dios nos perdone! —exclamé—. ¡Está muerto!

—¿Muerto? —replicó Henry, estupefacto—. ¿Muerto?... ¿Muerto?...

Mientras repetía aquella misma palabra, arrojó al suelo su sable ensangrentado y ocultó el rostro entre las manos.

—¿Qué vamos a hacer? —pregunté, pero viendo que no recibía respuesta, añadí—: ¡Ánimo, señor! Ya es demasiado tarde para lamentaciones. Es preciso que os recobréis.

Lanzando exclamaciones entrecortadas, se llevó la mano a la frente y, sin hacer caso de mis palabras, Henry echó a correr hacia el castillo. Durante unos instantes permanecí junto al cadáver pensando. Luego comprendí que mi deber me llamaba junto a los vivos y corrí detrás de Henry dejando en el suelo las velas cuya luz iluminaba el cuerpo tendido encima de la tierra helada. Aunque corrí lo más aprisa que pude, Henry me llevaba bastante ventaja y estaba ya en la sala cuando llegué.

—Señor —le dije en tono respetuoso—, esto nos va a perder a todos.

—¿Qué es lo que he hecho? —exclamó. Y luego, mirándome de un modo que jamás podré olvidar, añadió—: ¿Quién va a decírselo a mi anciano y querido padre?

Sus palabras me llegaron al alma, pero aquel no era momento propicio para lamentaciones ni debilidades. Llené una copa de licor y se la ofrecí.

—Bebed —dije.

Y como si fuera un niño le obligué a que me obedeciera. Luego, como el frío de la noche me había dejado aterido, me tomé también una copa.

—Permaneced aquí —le dije—, yo me encargaré de todo.

Cogí un candelabro y salí de la sala.

El castillo estaba en silencio, lo que me hizo suponer que nadie se había enterado de lo sucedido.

CAPITULO XXXVI

"Tengo que buscar el medio de cumplir mi misión —me dije pensativo—. Y lo peor es que no debo paliar ninguno de los actos que se han cometido aunque ello duela a los interesados." Como no era el momento para andarse con ceremonias, abrí la puerta de la habitación de milady sin tomarme la molestia de llamar y me dirigí directamente hacia ella.

—¿Qué sucede? —preguntó desde su lecho, incorporándose.

—Señora, vestíos inmediatamente —dije—, mientras tanto iré al pasillo. Hay mucho que hacer y ha de ser pronto.

Ni me importunó con preguntas, ni me hizo esperar. Apenas si había tenido tiempo de pensar en las palabras que le haría cuando apareció en el umbral y me hizo señas de que volviera a entrar en su habitación.

—Señora, es preciso que os revistáis de mucho valor, si no os atrevéis a ello me dirigiré a otra puerta, pues si esta noche no me ayuda nadie, no sé qué va a ser de nosotros.

—Me sobra el valor, Mackellar. Y ahora decidme, ¿qué ha pasado?

—Se han batido en duelo.

—¿Un duelo?... —repitió—. ¿Queréis decir que se han batido Henry y...?

—Y el heredero —terminé—. Vuestro marido ha soportado demasiado tiempo cosas que no llegaríais a creer aunque os las contase, pero esta noche su hermano se ha excedido y cuando os ha insultado, no ha tenido más remedio que lavar la afrenta con sangre.

—¿Ha muerto? —preguntó aterrada.

—No, quien ha muerto ha sido el otro.

Vaciló como a impulsos de una ráfaga y clavó la vista en el suelo.

—Ha sido este un terrible acontecimiento — le dije, algo inquieto por su silencio—, y nos es necesaria toda nuestra presencia de espíritu para salvar la casa. Además, hay que pensar en la niña. Si no conseguimos ahogar este asunto, su única herencia será la deshonra.

Ignoro si fue la idea de su hija o la palabra deshonra lo que reanimó a la señora; lo cierto es que apenas la oyó, se escapó un suspiro de su garganta y recobrando un poco la voz me preguntó:

—¿Cómo fue?

—Fue un combate leal por parte de mi querido señor. En cuanto al otro, fue muerto precisamente cuando se valía de malas artes.

—¡Imposible! —exclamó.

—Señora —contesté—, el odio a ese hombre fulgura en mi pecho como una llama, aun a pesar de su muerte. Bien sabe Dios que si me hubiera atrevido hubiese impedido la lucha, pero para mi vergüenza confieso que no lo hice. Al verle caer, si la piedad que me inspiraba mi señor llega a permitirme a pensar en otra cosa, seguramente me había regocijado por esta liberación.

Ignoro si milady prestó atención a mis palabras, al final de ellas dijo:

—¿Y milord?

—Yo le hablaré.

—No lo haréis como a mí, ¿verdad?

—Señora, ¿no tenéis nadie más en quién pensar?

—¿Nadie más?

—Vuestro marido, señora. ¿Vais a abandonarle?

Siguió mirándome y colocó una mano sobre su corazón.

—No.

—¡Dios os ilumine! Id en su busca, está en la sala, habladle con cariño, decid: "Lo sé todo...", y, si Dios os concede su gracia, agregad: "Perdóname".

—Voy en busca de mi esposo.

—Permitidme que os alumbre el camino —le dije, apoderándome del candelabro y disponiéndome a abrir la marcha.

—No es necesario. Acertaré a guiarme entre las sombras— repuso estremeciéndose.

Nos separamos y bajando la escalera se dirigió hacia la sala mientras yo lo hacía a la habitación de milord. No sé explicar el porqué, pero me fue imposible entrar en aquella estancia como lo hice en la de la señora. Llamé suavemente. El anciano tenía el sueño ligero o quizá no debía estar durmiendo, porque al primer golpe me invitó a que entrara, mientras se incorporaba en el lecho.

Milord tenía la palidez exangüe de la vejez. Faltándole la apostura que le prestaba el traje diurno, aparecía endeble y apergaminado. Su aspecto me intimidó casi tanto como su asustado rostro, en el que se leía el presentimiento de una desgracia.

—¿Qué deseáis, señor Mackellar? —me preguntó con voz pausada.

—Lord Durrisdeer, tal vez estáis persuadido de que pertenezco, en vuestra familia, a uno de los dos bandos.

—No sabía que en mi casa hubieran bandos. Sé que apreciáis sinceramente a mi hijo y me congratulo de ello.

—¡Oh, milord! No es hora esta de andarse con rodeos —repliqué—. Si queremos salvar la situación es preciso aceptar y ver las cosas tal como son. Todos aquí pertenecemos a uno u a otro bando. Y yo, en nombre del mío, me presento ante vos en plena noche para defenderlo. Es preciso que me escuchéis.

—Lo haré con mucho gusto, Mackellar, a cualquier hora del día o de la noche, pues me consta que sólo diréis cosas sensatas. Hablad.

—Vengo a defender la causa de mi señor. No tengo por qué exponeros con minuciosidad su forma de obrar, pues la conocéis de sobra. También conocéis la generosidad con que ha acogido siempre los deseos de vuestro... —el nombre de hijo me detuvo— vuestros deseos, milord. Y tampoco podéis ignorar lo que ha sufrido desde su matrimonio.

—¡Señor Mackellar, estáis pasándoos de la raya! —exclamó milord, irguiéndose en el lecho como un león herido.

—Habéis dicho que me escucharíais —le recordé.

—Está bien, seguid hablando, pero medid vuestro lenguaje.

Carraspeé ligeramente mientras reunía mis ideas y proseguí.

—De lo que estoy seguro es de que no conocéis la persecución que vuestro hijo Henry ha debido soportar, a escondidas, y para hablaros de ella he venido a estas horas. Apenas volvéis la espalda cuando el que ni siquiera me atrevo a nombrar le zahiere con sangrantes pullas, arrojándole al rostro, perdonadme, milord, arrojándole al rostro vuestra parcialidad. Le apoda Jacob, le llama imbécil... Pero en cuanto aparecéis vos o milady, cambia la decoración y mi señor se ve obligado a mostrarse amable con el hombre que acaba de cubrirle de injurias.

Milord hizo un movimiento como si fuera a levantarse.

—Si eso fuera cierto...

—¿Creéis que miento? —le interrumpí.

—¿Por qué no me habéis prevenido antes?

—Ciertamente que debí hacerlo —convine—, y por ello merezco vuestros reproches.

—Ahora mismo lo arreglaré todo —dijo con decisión y trató de levantarse, pero yo lo impedí con un gesto.

—Esperad, milord. Aún no he terminado. ¡Ojalá fuera solamente eso!

—¿Aún hay más?

—Sí, milord. Todo lo ha sufrido vuestro hijo sin una queja, recibiendo de vos únicamente palabras de agradecimiento. Todos en el país le detestaban injustamente. Se había casado sin que su esposa le amara. En ningún lugar encontraba afecto ni apoyo. ¡Este noble y generoso corazón se veía a solas con su triste destino!

—Vuestras lamentaciones me honran y me avergüenzan, señor Mackellar —dijo con senil turbación—, pero sois algo injusto. Henry me ha inspirado cariño, aunque Jamie, no lo niego, me ha inspirado mucho más. Vos no habéis conocido a mi Jamie en su verdadero aspecto. Sus desgracias le han agriado el carácter. A pesar de todo, estoy convencido que todavía hoy es el que tiene mejor carácter. Todo lo que me decís de Henry es exacto y no me asombra porque conozco su magnanimidad. Podéis decir que me aprovecho de ella. Lo reconozco y quiero sincerarme con él. He sido débil y ciego. Hablaré con Henry.

—No, milord, no habéis sido débil. Habéis sido engañado por un redomado hipócrita. Recordad cómo os mintió en relación con el supuesto peligro que corría. Os ha engañado siempre, desde el principio hasta el final. Quiero, o mejor dicho, necesito extirparle de vuestro corazón y que vuestros ojos se vuelvan hacia mi señor. ¡En él sí que tenéis un verdadero hijo!

El anciano me miró fijamente, y replicó:

—No, no. Dos hijos..., tengo dos hijos.

Me fue imposible evitar un gesto de desaliento que no le pasó desapercibido.

—¿Tenéis que decirme algo más? — preguntó con acento desfallecido.

—Sí, milord. Esta misma noche le ha dicho a mi señor: "No hay mujer que entre uno y otro, no me prefiera a mí, ni creo que deje de continuar prefiriéndome".

—¿Han disputado?

Hice un signo afirmativo.

—Voy corriendo allá —dijo, intentando nuevamente abandonar el lecho.

—¡No! ¡No! —exclamé juntando mis manos.

—Esas frases son imperdonables. ¿No lo comprendéis?

—¿Y a vos no habrá nada que os haga comprender la verdad?

Sus ojos se clavaron interrogantes en los míos. Entonces, arrodillándome ante la cama exclamé;

—¡Oh, milord! Pensad en el hijo que os queda, ¡pensad en ese pobre hijo que os concedió el Cielo y al que ninguno de nosotros ha fortalecido como necesitaba! Pensad en él y no en vos. Pensad en él que también sufre... y que en seguida ha pensado en voz, diciéndome: "¿Quién se lo dirá a mi querido y anciano padre?". Esas han sido sus palabras. Y por eso estoy aquí dispuesto a defenderle.

—Voy a levantarme —dijo, apartándome.

Se puso en pie y aunque su rostro estaba lívido, los ojos permanecían secos y serena su mirada, sin embargo, su voz temblaba cuando preguntó:

—¿Dónde ha sucedido eso?

—En la avenida.

—¿Y Henry?

Cuando le expliqué el resultado del duelo y dónde estaba Henry, su rostro se cubrió de nuevas arrugas. Luego, con aparente calma, inquirió:

—¿Dónde está Jamie?

—Le dejé en tierra, junto a las velas.

—Pero, entonces... se podrá ver desde el camino.

—No lo creo. A estas horas no pasa nadie.

—Pero alguien podría pasar.

En aquel momento, por la abierta ventana, llegó hasta nosotros un suave rumor de remos.

—¿Qué es eso? —me preguntó.

—Deben ser los contrabandistas.

—Entonces no perdáis tiempo, Mackellar. Id y apagad esas luces. Entretanto voy a vestirme. Cuando volváis veremos qué se puede hacer.

CAPITULO XXXVII

Bajé a tientas la escalera y llegué a la puerta. Desde lejos se percibían las luces en la avenida, que en noche tan oscura debían verse a muchas millas de distancia. Me reproché amargamente mi imprudencia y apresuré el paso. Cuando llegué encontré una de las velas apagada, la otra se consumía lentamente. En medio se veía un charco de sangre y un poco más lejos el sable de Henry. Del cadáver no había la menor huella. Aquel inesperado espectáculo me llenó de miedo, mis cabellos se erizaron y se apresuraron los latidos de mi corazón. Miré a mi alrededor. La tierra estaba tan dura que no conservaba rastro de pisadas. Agucé los oídos, pero no oí absolutamente nada. Apagué la vela y quedé sumido en la más completa oscuridad. Al regresar al castillo me salió al encuentro milady.

—¿Le habéis hablado?.

—Sí, milady, por su orden salí, pero ha desaparecido.

—¿Quién ha desaparecido?.

—El cadáver.

—No habréis mirado bien. Volved otra vez.

—No me atrevo. Ya no hay luz.

—Yo puedo ver en la oscuridad. Seguidme.

Ella descubrió el acero, lo recogió y, al ver la sangre en su hoja, lo dejó caer, horrorizada. Después sobreponiéndose volvió a inclinarse, lo recogió y lo hundió hasta la empuñadura en la helada tierra. Luego murmuró:

—Es posible que no haya muerto.

—Su corazón no latía —repliqué—, ¿por qué no estáis con vuestro marido?

—No pude verle. Ni siquiera me contesta.

Al oír aquellas palabras me inspiró piedad por primera vez.

—Bien sabe Dios, señora —dije— que no soy tan brusco como parezco;

pero ¿es posible medir las palabras en una noche como esta? No obstante, podéis creerme amigo de quienes no son enemigos de Henry Durie.

—En tal caso debe seros muy penoso dudar de su esposa.

Como si se descorriera un velo, descubrí con qué nobleza soportaba aquella cruel pesadumbre y qué generosidad oponía a mis reproches.

—Volvamos. Es preciso contarle esto a milord.

—¿A él? ¡No me atreveré jamás! —exclamó.

—Perfectamente —dije—. Volved junto a vuestro marido. Yo veré a milord.

El anciano estaba casi vestido cuando entré en su cuarto. Al enterarse de la novedad frunció las cejas.

—Habrán sido los contrabandistas —dijo—, pero ¿estaba vivo o muerto?

—Yo lo creí...

—Ya sé —interrumpió—. Pero bien podéis haberos equivocado. De no estar vivo ¿para qué llevárselo? He aquí una puerta que se abre a la esperanza. Debemos hacer creer que se ha marchado de improviso, tal como llegó. Hay que evitar el escándalo, cueste lo que cueste.

Por encima de todo, igual que nosotros, pensaba en el honor de la familia. Entonces descendimos a la sala. Henry, inmóvil, estaba sentado ante la mesa; su mujer se mantenía un poco aparte y con la mano en la boca; evidentemente no había conseguido atraer su atención. Milord avanzó lentamente hacia su hijo, su aspecto era grave y un poco frío. Cuando estuvo cerca de él le tendió las manos diciéndole:

—¡Hijo mío!

Henry lanzó un grito y, sollozando, se abrazó al cuello de su padre. Aquella era una escena desgarradora, como no he visto otra.

—¡Oh, padre! —exclamó al fin—. ¡Bien sabéis que le amaba desde el principio y que por él hubiera dado mi vida! ¡Decid que me perdonáis!... ¿Qué he hecho?... ¿Qué he hecho?

Sollozaba, acariciaba a su padre, comportándose como un niño que tuviera miedo. Luego, vio a su esposa que lloraba a su lado, y cayó de rodillas ante ella.

—¡Oh, esposa mía! —exclamó—. Tú también tienes que perdonarme. No he sido tu marido, sino la desgracia de tu vida. ¡Oh! ¿Acaso podréis perdonarme todos alguna vez?

Durante esta escena, milord apareció muy dueño de sí. Entonces me llamó aparte y me dijo al oído:

—Vámonos. Dejémosle solo con su mujer.

Acompañado de milord volví al lugar del duelo. El anciano miró estoicamente la sangre, pero no nos detuvimos allí sino que proseguimos hacia el desembarcadero. Allí descubrimos algunas huellas de la verdad. En primer lugar, en el paraje marcado por un charco de sangre, el hielo había sido aplastado por un peso que debía exceder en mucho a la carga de un hombre. Unos pasos más allá, se veía un arbolito tronchado, y un poco más lejos, otra mancha de sangre mostraba con clara evidencia el lugar donde los contrabandistas habían dejado el cadáver unos instantes para tomar aliento. Sacamos agua del mar con el sombrero de milord y así borramos aquellas huellas sangrientas. De pronto empezó a soplar el viento y milord, alzando la cabeza y mirando al cielo, dijo:

—Va a volver a nevar. Es lo mejor que puede ocurrir. Volvamos ahora al castillo, pues con esta oscuridad ya no podemos hacer nada más.

**

Poco después empezó a caer una lluvia torrencial, lo que nos hizo apresurar el paso y entrar en la casa.

La lucidez de espíritu de milord así como su actividad física me maravillaron, pero mi admiración creció al oírle decir cuando estuvimos a salvo de oídos indiscretos:

—Seguramente los contrabandistas se han apoderado del cuerpo, muerto o vivo. Esto no podemos saberlo, pero sea lo que sea, la lluvia borrará toda clase de huellas. Mi hijo llegó poco antes de anochecer y podremos hacer creer que se marchó antes de que amaneciera. Para que la cosa resulte más plausible, vos, señor Mackellar, os encargaréis de subir a su cuarto, recoger su equipaje y subirlo al desván ocultándolo. Prácticamente nos hallamos a merced de los contrabandistas, pero para esto no se me ocurre ninguna solución.

Como a mí tampoco se me ocurría nada, me limité a obedecerle. Henry y su esposa se retiraron a descansar igual que milord. La servidumbre no daba todavía señales de vida, así que llegué al cuarto del primogénito sin ser visto.

Con gran sorpresa lo hallé todo en un desorden revelador de próxima partida. Inmediatamente me figuré la verdad. Aquel hombre se disponía a partir y aguardaba al capitán Crail, así como éste sólo esperaba que soplara el viento.

Al anochecer, los marineros debieron observar un cambio atmosférico y enviaron la canoa para recoger a su pasajero, encontrándose entonces con el cadáver. Pero aún se podía intuir algo más. Esta premeditada partida arrojaba nueva luz sobre el inconcebible insulto, que lanzara sobre su hermano y que debía ser el golpe de despedida de su odio.

Antes de cerrar una de las maletas examiné su contenido. Entre la ropa tenía varios libros escogidísimos, pero en cuanto a papeles personales no hallé ninguno en ella. Una tras otra fui transportando todas las maletas al desván que quedó cerrado convenientemente. Luego, bajé a mi cuarto, recogí varias llaves y regresé a la buhardilla para probarlas. Sentí gran satisfacción al ver que dos de ellas se adaptaban perfectamente a los cerrados equipajes.

En una de las maletas encontré una cartera de piel y examiné su contenido. Cuando hube terminado me sentí satisfecho de mi idea. En lo sucesivo, gracias a los papeles que había encontrado, el heredero quedaba completamente en mi poder. Allí estaban los borradores de su correspondencia secreta con el secretario de Estado inglés, y los originales de las respuestas, colección muy comprometedora, y cuya publicación hubiera puesto en peligro al heredero y deshonrado su nombre.

Me sorprendió el día en tan agradable tarea.

Entonces me dirigí a la ventana y comprobé que el barco del capitán Crail había levado anclas y de que el heredero, muerto o vivo, se balanceaba a aquellas horas en el mar de Irlanda.

**

Ahora mencionaré lo poco que pude descubrir de lo sucedido aquella noche. Como no me atrevía a preguntar abiertamente y como los contrabandistas me miraban con recelo, si no era con desprecio, mis pesquisas fueron muy lentas. Transcurrieron seis meses antes de que llegara a saber algunos detalles, que para mí tienen aspecto de verdad. Según me dijo uno de los hombres de Crail, convertido luego en honrado tabernero, los contrabandistas, encontraron, al heredero incorporado a medias, mirando a su alrededor con aire estúpido. Al verles se reanimó y les ordenó que, sin decir palabra, le llevaran a bordo. Cuando el capitán le preguntó quién le había herido, soltó una serie de maldiciones, y a continuación perdió el conocimiento. Como el heredero era muy apreciado por aquellos granujas, lo llevaron a bordo y se dieron a la vela con rumbo a Francia. Durante la travesía se curó y fue en estado de convalecencia que descendió en el puerto de El Havre. Nunca se le escapó ni una palabra sobre quién había sido el causante de la herida y todavía hoy no hay contrabandista que pueda decir nada a este respecto.

En cualquier otro hombre ese silencio podía atribuirse a discreción, pero yo no veo en ello más que orgullo, ya que estoy convencido de que le resultaba difícil confesar, incluso a sí mismo, que había sido vencido por aquel a quien estuvo ultrajando durante tanto tiempo, con crueldad y despreciativa tenacidad.